»Sechzehnjähriger verschwand am Geburtstag spurlos«, lautet die Schlagzeile. Erst ist es nur einer, dann sind es fünf, und es werden immer mehr. Gibt es einen Zusammenhang? Die Medien werden aufmerksam und versuchen, das Phänomen zu erklären. Doch auch sie stehen vor einem Rätsel. Keine Spuren, keine Bekennerschreiben, keine Lösegeldforderungen. Stattdessen tauchen hellblaue T-Shirts mit der Aufschrift »FREE YOUR MIND« auf, und man begreift: diese Jugendlichen sind nicht verschleppt worden. Sie hatten nur keine Lust mehr, sie machen nicht mehr mit, sie sind einfach weg.

Wie einen Krimi erzählt Birgit Vanderbeke diese so skurrile wie phantastische Geschichte. Ihr Herz schlägt auf der Seite der Ausreißer, der Spott gilt Medien, Erziehungsberechtigten und der Enge des Gedankens. Dieses Buch ist ein Plädoyer für den Mut, sich seines Verstandes zu bedienen und den Kopf von Idyllen und Ideologien zu befreien; eine Liebeserklärung an die Jugend und an das, was man von ihr lernen kann; ein Aufruf zu Rebellion und eigenem Leben. ›Sweet Sixteen‹ ist eine Komödie, ein Pamphlet und ein Fest für den Leser.

Birgit Vanderbeke, geboren 1956 in Dahme/Mark, lebt im Süden Frankreichs. Für ›Das Muschelessen‹ wurde sie 1990 mit dem Ingeborg-Bachmann-Preis ausgezeichnet. 1997 erhielt sie den Kranichsteiner Literaturpreis, 1999 den Solothurner Literaturpreis für ihr erzählerisches Gesamtwerk, 2002 wurde ihr der Hans-Fallada-Preis verliehen. Sie veröffentlichte weiterhin: ›Fehlende Teile‹ (Bd. 13784), ›Gut genug‹ (Bd. 13785), ›Ich will meinen Mord‹ (Bd. 15925), ›Friedliche Zeiten‹ (Bd. 13786), ›Alberta empfängt einen Liebhaber‹ (Bd. 14198), ›Ich sehe was, was du nicht siehst‹ (Bd. 15001), ›abgehängt‹ (Bd. 15622), ›Geld oder Leben‹ (Bd. 15800) sowie im S. Fischer Verlag das Kochbuch ›Schmeckt's‹. Informationen zum Werk und kurze Prosatexte bietet der Materialienband ›Ich hatte ein bißchen Kraft drüber‹ (Bd. 14037).

Unsere Adresse im Internet: www.fischerverlage.de

Birgit Vanderbeke
SWEET SIXTEEN

Fischer
Taschenbuch
Verlag

Veröffentlicht im Fischer Taschenbuch Verlag,
einem Unternehmen der S. Fischer Verlag GmbH,
Frankfurt am Main, April 2007

Lizenzausgabe mit freundlicher Genehmigung
der S. Fischer Verlag GmbH, Frankfurt am Main
© 2005 S. Fischer Verlag, Frankfurt am Main
Druck und Bindung: Clausen & Bosse, Leck
Printed in Germany
ISBN 978-3-596-17105-7

SWEET SIXTEEN

Der erste, der verschwand, war Markus Heuser, genannt Meks.

Die Angelegenheit wurde daher später offiziell als »das Heuser-Phänomen« bekannt.

Andere sprachen von »Meksomanie«.

Seinerzeit war sie nichts weiter als eine Meldung, die scheinbar über den Lahn-Dill-Kreis nicht hinauskam.

»Sechzehnjähriger verschwand am Geburtstag spurlos.«

Was war passiert?

Der Junge war am Morgen aufgestanden, die Eltern hatten ihm gratuliert, der Tisch war gedeckt gewesen, die traditionelle Gummibärchentorte aus Meks' ersten Jahren hatte inzwischen eine Menge mehr Kerzen drauf, Meks verzog wie immer in den letzten Jahren das Gesicht, als er die Torte sah, und weder seine Mutter noch sein Vater hätten sagen können, ob es ein gerührt-ironisches oder ein leise verächtliches Lächeln war, womit Meks auf den Tisch, die Torte und die Geschenke reagierte und überhaupt eigentlich auf fast alles seit einiger Zeit.

Meks pustete die Kerzen aus, wischte sich die Elternküsse unauffällig von der Backe, aß ein Stück Buttercremetorte, packte die CD aus und sagte, wär nicht nötig gewesen, aber geil.

Seine Mutter sagte, aber Markus.

Sein Vater sagte, dafür sind wir inzwischen doch etwas zu alt.

Ist ja gut, sagte Meks, ich muß dann. Mathe.

Er nahm seinen Rucksack und verschwand.

Kann ein bißchen später werden, war das letzte, was seine Eltern von ihm hörten.

Ungefähr das berichteten sie, als sie sein Verschwinden bei der Polizei meldeten.

Da hatten sie bereits in Erfahrung gebracht, daß Meks in der Schule gewesen war. Im Bus nach Hause hatte ihn niemand gesehen. Bei Freunden war er auch nicht gewesen.

Die Mutter hatte am Geburtstagsabend schließlich die Polizei angerufen und sich angehört, daß das schon mal vorkommen könne. Was wird sein, er wird Party machen. In dem Alter machen sie alle Party.

Bei Markus kommt das nie vor, hatte sie gesagt, Markus ist ein ganz Stiller, aber die Polizistin war sicher, daß er bloß Party machte.

Was hab ich dir gesagt, sagte Meks' Vater nach dem Telefonat. Schließlich waren wir auch mal jung.

Nachdem er ins Bett gegangen war, rief sie mehrere Krankenhäuser an.

Am nächsten Tag meldete sie sich krank, telefonierte herum, und als ihr Mann nach Hause kam, suchten sie ein Foto von Meks heraus und fuhren zur Polizei. Der diensthabende Beamte tippte mit zwei Fingern und sagte zwischendurch, Jeans könnte ich mir auch sparen, Jeans haben sie doch alle an.

Es dauerte eine ganze Weile, nur die Zahlen der Handynummer gingen schnell. Zuletzt noch: keine Drogen, nicht soweit wir wissen, mal ein Bier, selten, Disko allerhöchstens am Samstag, und samstags auch nicht immer, ganz bestimmt keine Disko-Exzesse, feste Freundin bis vor kurzem, aber da haben wir angerufen, da ist er nicht gewesen; das häusliche Klima, kleinere familiäre Spannungen usw., nicht anders als bei anderen Leuten, und natürlich die Pubertät.

Haben Sie Vermögen?

Heizung, Klima, Sanitär, sagte Heuser, angestellt. Noch.

Das sprach nicht für Entführung.

Schließlich zog der Beamte Bilanz: Gewaltverbrechen, Suizid oder bloß weg.

Weg, sagte die Mutter entgeistert.

Abgehauen, sagte der Beamte, passiert alle Tage. Dauert meistens nicht lange. Irgendwann geht ihnen die Kohle aus, und sie wollen mal wieder warm baden.

Nicht Markus, sagte die Mutter, ich meine, so ist Markus nicht, und die Fahndung nach Meks wurde eingeleitet.

Die meisten kommen nach einer Woche wieder zurück,

sagte der Polizist, als sie schon in der Tür waren. Ansonsten kriegen wir sie über die Handys.

Das hatten die Heusers bis dahin nicht gewußt.

Tatsächlich kriegten sie nur das Handy.

Die Studentin Maike S. gab bei ihrer Festnahme auf dem Universitätsgelände in Frankfurt an, das Handy per Post zugeschickt erhalten, sich nichts dabei gedacht und es einfach benutzt zu haben. Sie zuckte mit den Schultern: notorisch keine Kohle. In ihrer Wohnung suchte sie einen an sie adressierten Umschlag ohne Absenderangabe aus dem Papiermüll. Abgestempelt war er an Meks' Geburtstag in seinem Wohnort. Die Adresse auf dem Etikett war computergeschrieben, und zwar, wie sich herausstellte, mit der Schrifttype Bookman Old Style. Maike S. beteuerte glaubhaft, Markus Heuser nicht zu kennen, und hatte ganz offensichtlich mit der Sache nichts zu tun.

Kann mir doch jeder Depp was schicken, sagte sie, ich steh schließlich im Telefonbuch.

Bei den Heusers stand der Drucker des Jungen. Bedrucktes Papier wurde nicht gefunden, und den Laptop, das hatten die Eltern bei der Polizei angegeben, hatte er mit in die Schule genommen.

Den Laptop hatte er immer mit, von dem hätte er sich keine Sekunde getrennt, sagte Frau Heuser, und der Vater sagte und dieses MP3, oder wie das heißt. Der hat jahrelang gejobbt wie ein Blöder, jede freie Stunde, alles für diesen Elektro-Scheiß.

Die Mitschüler wurden befragt, aber sie hatten an Meks nichts Auffälliges gefunden, und Laptops waren im Unterricht mit Einschränkungen erlaubt, aber geschrieben, so ein Beschluß des Kollegiums, wird immer noch mit der Hand.

Eine Leiche wurde nicht gefunden, Meks kam nach einer Woche nicht zurück, auf der Polizeidienststelle wurde der Mutter mitgeteilt, wenn sie nicht nach einer Woche wiederkämen, dann doch fast alle innerhalb der ersten zwei Monate. Die Ermittlungen verliefen im Sand, die Eltern grübelten in alle Richtungen, Meks war weg.

Der nächste war Konrad Riedinger, genannt Koi. Sein Vater erstattete Anzeige auf der Polizeiwache in Weiden.

Alles war ganz normal, sagte er, er hatte Geburtstag, und meine Frau, also meine zweite Frau, hatte alles schön hergerichtet, Torte und so, mit sechzehn Kerzen, er hat den iPod gekriegt, den er sich gewünscht hat, er hat sich total gefreut und ist zwanzig vor acht auf sein Rad und los, und nach der Schule wollte er zu meiner Ex.

Kois Mutter hatte gegen fünf bei Riedinger angerufen, als der Junge nicht kam.

Der Polizeibeamte in Weiden kannte die Familie Riedinger, weil sie erst vor zehn Jahren nach Weiden gezogen war, und zwei Jahre drauf dann die Trennung wegen der Affäre mit der Frau vom Notar und der ganze Zirkus danach bis zur zweiten Hochzeit. Er tippte die Größe, die Haarfarbe, die Jeans und die Handynummer gemächlich aufs Formular und sagte dann mit seinem oberpfälzer Akzent, Patchworkfamilie.

Was wollen Sie damit sagen, sagte Riedinger.

Nur so, sagte der Beamte, aber keine Sorge, die kommen eh nach einer Woche wieder heim.

Riedinger sagte, was heißt »die«.

Die Ausreißer, sagte der Beamte. Früher haben wir sie an der Grenze geschnappt, aber das ist ja jetzt perdu.

Riedinger sagte, das ist nicht Ihr Ernst, das war Ostblock.

Schon, sagte der Beamte, aber die haben wir geschnappt, und wenn nicht wir, dann die Tschechen. Macht auch nix, inzwischen kriegen wir jeden über sein Handy.

Sie kriegten Kois Handy. Der Rentner Eberhard W. fand eines Morgens ein kleines Päckchen im Briefkasten, wunderte sich, weil er kein Päckchen erwartete, sondern eine Arztrechnung, wegen der er überhaupt nur an den Briefkasten gegangen war, und dann war es keine Arztrechnung, sondern ein Päckchen, das ihm gleich verdächtig vorkam: kein Absender. Er hatte oben in der Wohnung seine Brille geholt und noch mal genau gelesen, ob auch keine Verwechslung vorlag, aber es war in einer dicken Schrift getippt sein Name und seine Adresse, und schließlich hatte er die Polizei angerufen.

Nicht daß ich da in was reingezogen werde, hatte er

gesagt, man hört ja so viel, und im Fernsehen haben sie auch gewarnt, Sie wissen schon.

Nana, sagte die Stimme am anderen Ende, wird schon nicht Al Kaida sein, aber besser, wir sehen uns das mal an.

Auch in Kois Schule wurde mit der Hand geschrieben, stellte die Polizei am nächsten Tag fest, und als man bei Riedingers nachfragte, sagte der Vater, an meinen Computer habe ich den nicht rangelassen, der war für Konrad tabu. Der ist nämlich rein beruflich, da kann ich das nicht gebrauchen, den ganzen Datensalat, den der immer angerichtet hat, den kann er schön auf seiner eignen Maschine machen.

Die hatte Koi im Rucksack gehabt.

Der ist ein echter Freak, sagte Kois Stiefmutter, da kommt er ganz nach dem Vater. Einmal ProCom, immer ProCom, sage ich, auch wenn er sich jetzt freiberuflich betätigt. Ich versteh ja da nichts davon, ich bin gelernte Rechtsanwaltsgehilfin, damals haben wir alles mit sieben Durchschlägen und alles natürlich mechanisch.

Machen wir heute noch, sagte der Beamte. Hatte er eigentlich Geld dabei, der Kollege hat das nicht aufgenommen.

Was wird er dabeigehabt haben, sagte Riedinger, paar Euro für seine Comics, und natürlich die Karte.

Was für eine Karte?

Na seine Cash-Karte.

Hat er ein Konto?

Natürlich hat er ein Konto.

Haben Sie Kontovollmacht?

Ich nicht, aber seine Mutter, sagte Riedinger, die hat ihm das eröffnet wegen der Weihnachts- und Geburtstagsgeschenke vom Opa. Der weiß nicht, wohin mit dem Geld und dem schlechten Gewissen. Seiner Tochter gönnt er nicht einen Cent, und dafür kriegt dann der Enkel.

Ein sehr schlechtes Gewissen muß er haben, sagte der Beamte tags darauf, als er mit Kois Mutter am Bankschalter stand. Wer, sagte die Mutter. Na, der Opa.

Am Nachmittag von Kois Geburtstag waren dreihundert Euro am Geldautomaten der Hausbank ausgezahlt worden. Seither war keine Auszahlung mehr erfolgt.

Etwa einen Monat nach Kois Verschwinden fanden Spaziergänger nicht weit von Weiden im Wald eine Leiche, die nicht identifiziert werden konnte. Die DNA-Analyse ergab, daß es sich nicht um Konrad Riedinger handeln konnte.

Koi blieb verschwunden.

Riedinger stellte eine Vermißtenmeldung ins Netz, las auf dem Bildschirm in einer Kinderschutzfibel beim Verein für vermißte Kinder, daß Eltern ihre Kinder kennen und sich dafür interessieren, was sie tun, wo sie sind, wie es ihnen geht und was sie erlebt haben.

Hör dir das an, sagte er zu seiner Frau: Wir kennen auch die heimlichen Vorlieben und Gewohnheiten unserer Kinder. Steht da. Wer glaubt denn an so was.

Inzwischen verschwand an ihrem sechzehnten Geburtstag Jessica Neumann aus Strausberg, genannt Simba. Ihre Mutter war alleinerziehend und arbeitslos, das Mädchen, jüngstes von drei Geschwistern, kellnerte unregelmäßig in wechselnden Kneipen, mal in Mitte, mal in Lichtenberg, mal in Marzahn und war oft unterwegs, vielmehr unregelmäßig zu Hause. Auf der Polizei sagte die Mutter, was wird sein, irgendwo wirdse abjeblieben sein, nach Berlin oder wat, ne Rumtreiberin is die, ick habse schon länger nicht mehr in' Griff. Aber drei Tage weg, det hatse noch nie jebracht. Da mach ick mir denn schon Jedanken.

Die Anzeige wurde aufgenommen, Jessica Neumann abgängig seit dann und dann, und das war's.

Simbas Handy tauchte als »gefunden« bei einem Handy-Dienst auf, jemand hatte es in einem Internet-Shop in Dresden abgegeben, weil es versehentlich in seinem Briefkasten gelandet war.

Das obskure Verschwinden von Dennis Kreymeier, genannt Fog, aus Trier an seinem sechzehnten Geburtstag wurde ebensowenig mit den anderen Fällen in Verbindung gebracht wie das von Marcello Heyse, genannt Elmo, aus Salzgitter, das von Jennifer van Haaren, genannt Bitch, aus Oldenburg und zuletzt das von Sebastian Koch, genannt Baxx, aus Schwerin.

Sämtliche Handys wurden ähnlich wie die von Meks und Koi wiedergefunden, nur das von Bitch lag unweit der elterlichen Wohnung in einem Papierkorb.

Nun ist natürlich den Ermittlungsbehörden hinlänglich bekannt, daß jährlich tausende Menschen verschwinden und ihr Verbleib nicht geklärt werden kann.

Das Heuser-Phänomen wäre also beinah gar nicht oder wenn doch, dann mit Sicherheit erst viel später entdeckt worden, wenn nicht an seinem sechzehnten Geburtstag Justus Hanssen, genannt Justy, ebenfalls verschwunden wäre.

*

WURDE CONNYS SOHN ENTFÜHRT?
Conny verzweifelt – bitte tut meinem Jungen nichts an!
Sohn der beliebten Fernsehmoderatorin Conny Hanssen wurde vermutlich entführt. Über Lösegeldforderungen ist zu diesem Zeitpunkt noch nichts bekannt.

So oder so ähnlich stand es in der Boulevardpresse, und so ermittelte auch die Polizei zunächst, nachdem Justus Hanssen am Abend seines sechzehnten Geburtstages nicht nach Hause gekommen war. Die Familie wollte feiern, Conny Hanssen hatte einen bekannten Hamburger Caterer engagiert, Justus war beim Krafttraining. Im Studio hatten ihn etliche Leute gesehen oder mit ihm gesprochen, sie kannten ihn fast alle, er kam regelmäßig, und er kam – das war hinlänglich bekannt – immer ohne Personenschutz.

Conny Hanssen war mehrfach in Talk-Shows auf den Personenschutz angesprochen worden und hatte jedesmal erklärt, daß ihre Kinder ganz normale Kinder seien und in ganz normalem Klima aufwachsen sollten, und wenn sie selbst auch körbeweise Zuschriften bekäme, darunter gelegentlich mehr oder weniger aggressive oder bedrohliche Briefe, dann gehöre das eben zu ihrem Beruf und der Prominenz, die der Beruf nun einmal mit sich bringe, aber die Kinder sollten doch, bitte sehr, nicht darunter leiden, daß ihre Mutter diesen Beruf habe, einen sehr schönen im übrigen.

Conny Hanssen ist, soweit man das auf dem Bildschirm sehen kann, eine Frau mit gesundem Menschenverstand, mit klarer Meinung, sie nimmt besonders dort kein Blatt vor den Mund, wo es um Bildung geht und um Kindererziehung, sie hat etliche Bücher geschrieben, in denen sie die zunehmende Verwahrlosung der Kinder und Jugendlichen beklagt, die sinkenden sozialen Temperaturen, die offensichtlich katastrophale Unzulänglichkeit der Schulen, den Verlust familiärer Werte, sie bedauert, daß abends nicht mehr im Familienkreis gegessen und über alles gesprochen wird, dabei plädiert sie natürlich nicht für Kuscheligkeit und Familienfrieden um jeden Preis, sondern für klare Grenzen und Regeln und hält eine falsch verstandene antiautoritäre Erziehung für eine gravierende Schwäche und für die Crux des grassierenden Bildungsübels, denn kleine Menschen, so Conny Hanssen, brauchen Führung und Vorbilder von den Großen, sowohl in der eignen Familie als später auch in den Schulen.

Weil Conny Hanssen also mit ihrem klaren Menschenverstand völlig vernünftige Dinge am Bildschirm und in ihren Büchern sagt, wäre niemand auf die Idee gekommen, Justy, gewissermaßen ein Vorzeigesohn in einer Vorzeigefamilie dieser Nation, könnte so einfach verschwinden.

Die Familie war mehr als wohlhabend, und als die Leute vom Catering klingelten und Justy immer noch nicht da war, zögerte Conny Hanssen keine Sekunde, die Polizei einzuschalten.

Bei uns ist das Abendessen ein Ritual, sagte sie, als der Beamte fragte, ob Justus möglicherweise auswärts eine Geburtstagsparty machen könnte, bei Freunden etwa.

Ausgeschlossen, sagte sie, es muß ihm was zugestoßen sein, Geburtstage sind ein Familienfest. Zumindestens bei uns.

Justys Foto wurde bereits in den Spätnachrichten gesendet mit dem Hinweis auf seinen sechzehnten Geburtstag und den Verdacht auf Entführung des Jungen, und nächsten Tags war die Presse voll mit Spekulationen über das mysteriöse Ereignis.

Bewegung kam in die Sache, nachdem zwar keine Lösegeldforderungen bei Conny Hanssen oder sonstwo eingingen, sondern statt dessen sechs Anrufe beim Sender bzw. in den Redaktionen der Zeitungen: Die Anrufer berichteten vom Verschwinden ihrer sechzehnjährigen Geburtstagskinder Markus, Konrad, Dennis, Marcello, Jennifer und Sebastian, also von Meks, Koi, Fog, Elmo, Bitch und Baxx. Jessicas Mutter hatte weder ferngesehen noch die Zeitung gelesen.

Justy war offiziell also der siebente.

Als der Landwirt Peter L. in Stade einen an sich adressierten Umschlag ohne Absenderangabe in seinem Briefkasten fand und ein Handy auspackte, hatte er schon auszugsweise die Pressekonferenz in den 20-Uhr-Nachrichten gesehen, die die Kripo am Nachmittag nach Justys Verschwinden anberaumt hatte und in deren Verlauf sie zugab, bis jetzt jedenfalls noch komplett im dunklen zu tappen, eine zufällige zeitliche Nähe der sieben Fälle zwar für möglich zu halten, aber doch durch einige Indizien einen Zusammenhang zwischen den Fällen vermuten zu können.

Die Indizien waren der jeweilige Zeitpunkt des Verschwindens sowie die Art und Weise, wie in jedem einzelnen Fall die Handys wieder aufgetaucht waren, nämlich anonym, per Post und an offenkundig ahnungslose Zufallsempfänger.

Als der Landwirt Peter L. Justys Handy ausgepackt hatte, seufzte er also und sagte zu sich selbst oder seinem Hund, bringen wir's hin, bevor die zu uns kommen.

Da inzwischen ein prominentes Verschwinde-Opfer zu

beklagen war, wurde der Umschlag auf Fingerabdrücke untersucht, es wurden aber keine gefunden.

Die Schrifttype auf dem computergeschriebenen Etikett war eine gut leserliche Antique Olive mit breiten Abständen zwischen den einzelnen Lettern.

Interessant an Justys Fall war, daß Justy, anders als die anderen Vermißten, keinen Computer besessen hatte, jedenfalls nicht nach Aussage seiner Mutter.

Einige Tage nach dem Geburtstag war sie Gast in einer spätabendlichen Talk-Show. Sie sagte, ihr selbst sei nicht nach öffentlichen Auftritten zumute, es sei eine schlimme Zeit der Ungewißheit, aber es ginge nicht um sie, sondern um ihr Kind und vielleicht um noch mehrere Kinder, denn dies alles sei doch recht ähnlich verlaufen, und sie wolle also alles dafür tun, daß diese Kinder möglichst bald und möglichst unversehrt wieder in ihre Elternhäuser zurückkehren könnten.

Der Moderator, nachdem er sie gefragt hatte, wie sie mit der Ungewißheit umginge, mit dieser für sie doch gewiß unvorstellbaren seelischen Belastung, ging mit ihr einige Hypothesen durch: Könne sie sich vorstellen, daß die Jugendlichen womöglich Opfer von Menschenhändlern, religiösen Sekten undsoweiter geworden seien, aber Conny Hanssen war sicher, daß Justus nicht mit dubiosen Kreisen in Berührung gewesen war, sie rekapitulierte noch einmal das Hanssensche Familienkonzept, ein modernisierter anthroposophischer Ansatz, sagte sie, viel miteinander unternehmen, spielen statt fernsehen, gemeinsames Essen und vor allem die Kinder fernhalten von den Einflüssen der Medien- und Unterhaltungsindustrie.

Fast zufällig kam die Sprache auf den Computer, den Justy nicht besessen hatte. Conny Hanssen hatte schon mehrfach bedauert, daß nicht nur in den Schul-, sondern auch längst in Kinderzimmern Computer gewissermaßen die einzige Gesellschaft für junge Menschen wären, sie hatte dies anläßlich verschiedener Amok-Vorfälle mit jugendlichen Tätern betont, die ihrer Meinung nach auf mangelnde elterliche Zuwendung und ersatzweise Computer-Simulationsspiele zurückzuführen gewesen seien, und in ihrem Beruf, sagte sie, sei natürlich der Computer inzwischen das A und O, aber im Privatleben sei er tabu.

Womöglich dachte der Moderator in dem Augenblick an seine eigenen Kinder und deren Computer oder Nicht-Computer im Kinderzimmer, als er vom Thema der verschwundenen Jugendlichen abwich und fragte, wie es käme, daß sie, Conny Hanssen, so sicher sein könne, daß ihr Sohn nicht doch womöglich mit einem Computer in Berührung gekommen wäre, einem Laptop vielleicht, der leicht und unbemerkt im Rucksack oder sonstwo zu verstauen sei und, dem besorgten elterlichen Blick somit entzogen, durchaus im Spiel sein könne.

Bisher hat jeder der Jugendlichen zum Zeitpunkt seines Verschwindens einen Laptop bei sich geführt, sagte der

Moderator nachdenklich, aber Conny Hanssen sagte, ähnlich wie Frau Heuser seinerzeit bei Meks' Verschwinden: Justus nicht. Sie sagte es in einem recht scharfen Ton, empfand vermutlich die Unangemessenheit dieses scharfen Tons selbst und setzte sanfter hinzu, daß alles eine Frage des Vertrauens sei und sie keinen Zweifel an dem Vertrauen ihrer Kinder habe, denen sie und ihr Mann ihrerseits auch voll und ganz vertrauten.

»Justus nicht«, hätte sie indes besser nicht gesagt und bereute diesen Satz sehr bald, denn weder die Medienmacher noch das Publikum hatten ihn überhört.

Die Anteilnahme am Schicksal der Moderatorin wandelte sich binnen eines Tages und einiger Schlagzeilen in Schadenfreude.

Schadenfreude allerdings schloß natürlich aus, daß dem Jungen etwas passiert sein könnte, also wurde öffentlich jetzt darüber spekuliert, daß sein vorbildliches Elternhaus Justus Hanssen in die Arme dunkler Machenschaften geradezu getrieben haben müsse, wobei ein offenes Geheimnis sei, daß es in diesem Elternhaus vermutlich keineswegs so idealfamiliär zugehen würde, wie die Moderatorin das gern behauptete. Conny Hanssen wurde in weiteren Talk-Shows und damit geradezu in Verhöre geladen, das Bedauern über Justys Verschwinden klang inzwischen falsch und geheuchelt, und dann wurde sie in gehässigem Ton danach gefragt, wie denn übrigens ihre vorwiegend abendliche Tätigkeit sich mit dem gemeinsamen Abendbrot vertrage und wann sie denn darüber hinaus sogar noch die Zeit gefunden habe, neben der Redaktions- und Studioarbeit auch noch etliche Bücher zu schreiben. Ob denn ein solches Arbeitspensum einem vertrauensvollen Eltern-Kind-Klima nicht abträglich sei? Conny Hanssen unterzog sich den peinlichen Fragen, verwies mit erstarrter Miene auf den Umstand, daß ein harmonisches Verhältnis und das Prinzip vernünftiger Arbeitsteilung zwischen Eheleuten die Voraussetzung für erfolgreiche Verwirklichung im Beruf – in zwei Berufen – sei, aber für eine Weile war das öffentliche Urteil über die Frau gefällt, was wiederum Leserbriefe, -faxe, -mails und -telefonate nach sich zog, in denen das Publikum sich für die Frau und auch für die Sache einsetzte sowie für Vertrauen, klare Grenzen bei der Erziehung und computerfreie Klassen- und Kinderzimmer.

Conny Hanssen beantragte stillschweigend Personenschutz für sich, ihren Mann und die beiden verbliebenen Kinder.

Nachforschungen ergaben, daß Justy Stammgast in einem Hamburger Internet-Café nicht weit vom Sportstudio entfernt gewesen war. In der letzten Zeit war er dort nicht mehr aufgetaucht.

Ein Cracker, sagte der Besitzer des Cafés nach einem

gleichgültigen Blick auf das Foto und zog die Schultern hoch. Halt ein Cracker, wie die so sind.

Und Conny Hanssen nahm mit Entsetzen die polizeiliche Auskunft zur Kenntnis, daß ihr Sohn hinter dem Rücken seiner Familie den ungesunden Boden virtueller Welten betreten hatte.

Aus ihrer Welt blieb er verschwunden.

Hier bekam das Heuser-Phänomen seinen Namen, als wäre es eine Krankheit, die man nun diagnostiziert und somit ihrer Heilung zugeführt hätte.

Wenn es allerdings eine Krankheit war, so mußte man rasch erkennen, daß es eine hoch ansteckende war, und keiner wußte so recht, ob sie sich auf geheimnisvollen Kanälen unter den Jugendlichen kommunizierte oder erst durch die ausgiebige Medienberichterstattung zum Fall Justus Hanssen epidemisch geworden war, jedenfalls verbreitete sie sich in Windeseile. Flächendeckend verschwanden Sechzehnjährige, nachdem sie eben noch die Kerzen auf ihren Geburtstagstorten ausgepustet und »bis später« gesagt hatten.

Die Polizei gab gelegentlich eine Pressekonferenz, der zu entnehmen war, daß sie vor dem Phänomen kapituliert hatte. Die Politik suchte nach Beschwichtigungsformeln und Leuten mit Lösungsformeln. Eltern heranwachsender Jugendlicher wurden vor deren Geburtstag unruhig.

Dann kamen die T-Shirts in Umlauf.

Es waren hellblaue T-Shirts. FREE YOUR MIND stand vorne drauf, und auf dem Rücken stand SWEET SIXTEEN.

*

Josha war unser Lieferant für alles, was angesagt war. Er war Saskia Horstmanns kleiner Bruder, praktisch als Einzelkind aufgewachsen, sein Vater war inzwischen an die Siebzig und ziemlich jenseits, jedenfalls sagte Josha, er sei jenseits, und die Mutter war irgendwo im Wellness-Bereich unterwegs, um die Fünfzig möglichst so bald noch nicht zu überschreiten. Als sie noch zu Hause bei ihrem Vater und dessen zweiter Frau wohnte, hatte Saskia sich um Josha gekümmert, und nachher war sie Anlaufstelle für ihn und seine Leute. Inzwischen war sie bei uns im Büro Praktikantin. Über die letzten drei Jahre hatten wir daher durch sie und ihren kleinen Bruder halbwegs im Blick gehabt, was sie machten.

Sie machten alles mögliche. Mal waren die Hosen weit, mal waren sie eng, mal waren die Haare kurz, mal waren sie lang, mal hatten sie Mützen auf und dann wieder keine. Ich hatte nicht mehr viel Lust auf das, was jetzt angesagt war, ich hätte eher Lust gehabt, ganz ohne Wellness und Sport und Speed und Sprüche über die Fünfzig zu kommen, aber wir kamen einigermaßen durch, hier mal ein Clip, da mal ein bißchen

Design, und dann kam unser Lieferant und hatte dieses T-Shirt an. Hellblau war bis vor kurzem das letzte gewesen.

Saskia war besorgt. Irgendwas ist mit ihm, sagte sie einen Montag, nachdem er und ein paar Leute bei ihr übers Wochenende gewesen waren. Sie kamen zeitweilig fast jedes Wochenende, kannten alle Termine, wo wann was los war, machten abfällige Andeutungen über die Gothics und Satanisten, früher hatten sie keinen Skate-Contest ausgelassen, aber dann hatten sie damit aufgehört, als sie merkten, daß bei den Contests ohne Sponsoren nichts läuft, und inzwischen gingen sie in die Diskos mit den jeweils angesagten DJs und schliefen am Sonntag bis drei, und anschließend hatte Saskia ziemliche Mühe, ihre Zweizimmerwohnung gegen ihren voll aufgedrehten Rap, Punk und Hiphop oder Techno zu verteidigen.

Bloß mal ein Wochenende mit seinem eigenen Freund in seinen eigenen vier Wänden allein, sagte sie.

Wenn Roman sagte, das ist der Preis, schließlich haben sie noch immer die richtige Nase, wo was läuft, wurde sie spitz, fand den Preis ziemlich hoch und bot ihm an, das mal bei sich in der Wohnung laufen zu lassen, aber Roman sagte dann, das ist eher was für die Jugend, da laß mal 'nen alten Mann besser raus. Roman war vierzig und gerade Vater geworden, und im Grunde hatte er auch keine Lust mehr auf das, was angesagt war, weil bei ihm im Augenblick Wickeln und Füttern und der ganze Babykram angesagt waren und ihn mehr interessierte, wo man eine Tagesmutter oder einen Krippenplatz herkriegen könnte, als wo die Szene was machte.

Saskia war sicher, daß irgendwas mit Josha wäre, sie sagte, sagt euch das was, »FREE YOUR MIND«?

Ich sagte, sind das nicht die, die über die Häuser klettern?

Wir hatten mal was über die gemacht, aber das war vor Saskias Praktikumszeit gewesen, sie nannten sich urban free flow, und als wir nachsahen, hatten sie »open your mind« als Parole.

Ist doch dasselbe, sagte Roman.

Saskia sagte, sie heißen nicht urban free flow, das sind nur die aus London, die Richtigen sind le Parkour, und sie gehen nicht über die Häuser, sondern nur dann über die Häuser, wenn ihnen Häuser gerade im Weg sind.

Ich sagte, sie gehen von A nach B, die natürliche Methode, aber »open« ist nicht »free«.

Ich hatte seinerzeit mit den Jungen sympathisiert, sie hatten eine einfache Theorie, die im Prinzip jeder hatte, der seine Kindheit in der Nachkriegszeit verbracht hatte, als die Städte nichts anderes waren als Lückentexte. Da bist du auch nicht nach Stadtplan von A nach B gegangen, sondern irgendwie, und wenn da Rohbauten herumstanden, bist du über die drübergegangen oder in ihnen herumgeklettert, nur daß es damals kein Sport war, wir machten es einfach, und inzwischen ist es Extremsportart, aber gut. Sie sagten, es ist etwas, was vom Kopf ausgeht, es macht dir den Kopf frei, wenn du einfach kein Hindernis auf deinem Weg akzeptierst.

Und, sagten sie, das kommt ganz schnell, und du siehst die Stadt völlig anders. »Free your mind« würde zu ihnen passen.

Saskia sagte, sie hingen die ganze Zeit am Computer. Keine Disko, die halbe Nacht am Computer, und nichts mit Ausschlafen gestern: Um zehn Uhr waren sie auf und wieder im Netz zugange.

»SWEET SIXTEEN«? sagte sie, war das nicht irgend so ein Song?

Chuck Berry, sagte ich, da hieß es aber sweet little sixteen. B. B. King war noch früher.

Saskia sagte, ich glaube, es war ein Film. Ken Loach, irgendwas über Prolkinder in England oder Schottland, poli-tisch.

Saskia kann das Wort nur ironisch sagen.

Ich sagte, politisch würde mich wundern, da sind sie doch eher immun, dann schon eher ganz uralt, also doch vielleicht B. B. King.

Schließlich sagte Roman, ich hab's, irgendwo in den Achtzigern, Billy Idol, irgendwas mit viel Zucker drin, google es doch mal raus.

Wir hatten alle so einigermaßen recht, aber es half uns nicht weiter. Am besten gefiel uns noch Billy Idol mit seinem »runaway child«. Der Text war achtziger Jahre und schauderhaft, und Roman sagte, oh Gott, candy house, candy castle, candy brain, einmal Barby und zurück.

Wir gingen die Labels und Tags durch, die in der letzten Zeit rausgekommen waren, und Saskia sagte, ich hab' euch die ganze Zeit gesagt, es ist nichts Kommerzielles. Sie pfeifen inzwischen auf den Kommerz.

Saskia hatte eine Theorie, derzufolge sie irgendwann, wie sie sagte, die Schnauze auch mal voll hätten von all der Kinderschokolade und diesem Zeug. Ich hatte die Angewohnheit, diese Theorie, wenn Saskia sie umständlich ausbreitete, abzukürzen.

Sie sagte dann energisch, das hat doch nichts mit Konsumverzicht zu tun und den ganzen ollen Kamellen.

Wenn man sie fragte, womit sonst, sagte sie erbost, sie haben eben einfach die Schnauze voll.

Schon gut, sagte Roman, um nicht ins Grundsätzliche zu geraten.

Jetzt ist er wieder heim, oder was?

Saskia sagte, was heißt, »er«. SIE sind wieder heim.

Und wenn du nächste Woche mal mit ihm sprichst, sagte ich.

Saskia sah mich entgeistert an und sagte, sprechen?

Ist ja gut, sagte ich, aber sie nutzte die Gelegenheit, um sich Luft zu machen. Wie stellst du dir das vor, sagte sie, und es folgte die detaillierte Beschreibung eines Wochenendes mit Josha mit oder ohne seinen Freunden, und als sie sagte, die machen die Klappe nur auf, um dich aus dem Zimmer zu beißen, mußte ich lachen und sagte, Raubtiergehege, gefällt mir besser als candy house.

Roman sagte, immerhin brüllen sie nicht die ganze Nacht herum und spucken dich nicht an, aber Saskia sah ihn nur erbittert an, und er wurde kleinlaut und sagte, jedenfalls soweit ich weiß.

Romans »soweit ich weiß« machte uns nachdenklich, weil es schon stimmte, daß wir in der letzten Zeit nicht mehr genau wußten, was sie machten. Ich hatte gedacht, es läge daran, daß ich aus dem Alter raus war, in dem es mich sehr interessierte; ich war nur noch gewohnheitsmäßig damit beschäftigt, ihre Trends zu verfolgen, und es war klar, daß Roman frühestens in zwölf Jahren wieder echtes Interesse daran hätte, was sie machen, und dann wäre er vermutlich durch die ganze Kleinkinderpädagogik und die Elternabende und den Schulkram längst auf der anderen Seite.

Aber Saskia sah alarmiert aus.

Soweit ICH weiß, sagte sie schließlich, ist der letzte Trend, daß sie mit sechzehn abhauen und nicht wieder auftauchen. Und Josha ist fünfzehn.

Roman sagte, das nimmst du doch nicht ernst, das mit dem Knaben von der Fernsehtante, aber Saskia sagte, es ist schließlich nicht nur der eine, und du würdest es auch ernst nehmen, wenn dein kleiner Bruder fünfzehn wäre und du keinen Draht mehr zu ihm hättest, und statt dessen hat er dieses T-Shirt an.

Ich sagte, nun mal nicht gleich Paranoia.

Was hat das mit Paranoia zu tun, sagte sie.

Saskia ist Mitte Zwanzig, und seit der Sendung mit der Maus versteht sie die Welt. Sie kennt jeden Tattoo-Laden in der Stadt, sie bestellt sich einen Kiba, bevor ich weiß, was das ist, sie tanzt auf dem Christopher Street Day und fährt im Februar nach Köln, während ich es nicht fassen kann, daß es den Karneval immer noch gibt.

Roman sagte, du meinst, die T-Shirts hätten was damit zu tun, daß sie abhauen wollen.

Keine Ahnung, sagt Saskia, und jetzt sind wir alle drei irritiert.

Roman sagte, vielleicht rufst du mal seine Mutter an?

Sehr hilfreich, sagte Saskia, immer schön quatschen und quatschen. Mehr habt ihr einfach nicht drauf.

Roman sagte, nimm mir nicht die letzte Hoffnung. Seit einem Jahr warte ich bloß darauf, daß der Kleine endlich damit anfängt.

Tut mir echt leid für dich, sagte Saskia.

Ich sagte, was haltet ihr von Altersforschung. Singles im Alter und so. Ist der absolute Zukunftstrend, und demnächst kenne ich mich bestens damit aus. Die wollen alle quatschen.

Ist ja nicht so, daß sie nicht reden, sagte Saskia.
Na gut, sagte ich, aber vielleicht seine Mutter.

Saskia sagte, ich sag euch, das bringt gar nichts, griff zum Telefon und rief an. Sie erfuhr, daß ihr Vater immer noch erkältet und ihr kleiner Bruder in der Pubertät und mit Computerspielen beschäftigt waren. Ansonsten sei alles in Ordnung. Vielleicht könnten sie ihn überreden, Ostern mit nach Ägypten zu fahren.

Trostlos, sagte sie nach dem Telefonat.

Schaut euch mal an, was passiert, wenn ich sweetsixteen eingebe, sagte Roman und drehte den Bildschirm schräg, so daß wir es lesen konnten:

»Sweet sixteen war geil und wir gucken nach vorn.

Bis jetzt ist noch kein neues Sweet Sixteen geplant.

Wann das nächste stattfinden soll, wissen wir noch nicht genau, aber ähnliche Projekte und Ideen kommen bald an 'nen Stacht.

Alles was abgeht wirst du über deine Jesus Freak Gemeinde rechtzeitig mitgriegen.

Bis dahin dir eine geile Zeit.

Dein 2T22 Team.«

Oh nein, sagte Saskia, als sie den Monitor sah. Er war hellblau. Hellblau war bis vor kurzem das letzte gewesen.

Roman sagte, Rechtschreibung ist nicht ihre Stärke, und klickte auf 2T22.

»Es geht nicht darum, daß irgendwelche Älteren versuchen, etwas für ›the next generation‹ zu veranstalten, sondern darum, daß die nächste Generation aufsteht«, las er.

Soviel zu Paranoia, sagte ich.

Dann schau auch unter »freeyourmind« nach, sagte Saskia, aber wir kamen bloß auf die Webseite irgend eines Aachener Architekten, die einigermaßen seriös aussah.

Sackgasse, sagte Roman.

Ich sagte, nur vorsichtshalber – wann hat Josha Geburtstag?

*

An dem Abend ging ich nach den Nachrichten noch mal raus. Es war ein ganz normaler Montag, die Straßen waren leer, die Kneipen waren leer.

Ich dachte, komisch, wie man sich daran gewöhnt hat, daß keine Leute mehr auf der Straße und in den Kneipen sind. Mir kam vor, als ob das nicht immer so gewesen wäre, aber man kann sich auch ganz gut was einbilden, wenn man versucht, sich an was zu erinnern, es ist eine Menge Phantasie dabei, aber wo ich schon am Herumspinnen war, fing ich an mir vorzustellen, wie es gewesen wäre, mit sechzehn einfach abzuhauen.

Ich bin nie von zu Hause abgehauen.

Manchmal denke ich, das war ein Fehler. Wenigstens zwei, drei Tage – wärst du bloß mal zwei, drei Tage von zu Hause abgehauen. Vielleicht wäre ja was Wesentliches in den zwei, drei Tagen passiert, und so ist das Wesentliche eben nicht passiert.

Meine Schwester ist mal abgehauen. Nicht gleich bis Woodstock seinerzeit, aber immerhin. Unsere Eltern sind fast verrückt geworden, weil sie dachten, Sex, Politik und Drogen, und alles drei wäre ihnen nicht recht gewesen. Irgendwann tauchte sie wieder auf und war äußerlich jedenfalls unversehrt, aber ich fand sie geheimnisvoll. Sie sprach in Andeutungen von der Szene. Offenbar hatte sie in einer kommunistischen Kommune gelebt, und ich hätte damals wer weiß was dafür gegeben, auch in einer kommunistischen Kommune zu leben, aber ich war erst dreizehn, und bis ich in dem Alter war, war es mit den Kommunen vorbei, ich hatte ein Mofa, und wenn meine Schwester gelegentlich nach Hause kam, sagte sie, großer Himmel, was seid ihr brav. Ich hatte nicht die geringste Lust, brav zu sein, aber mir fiel nicht ein, wie es gegangen wäre, nicht brav zu sein, und ich sagte, du hast gut reden. Sie sagte, wenn man euch sagt, ihr sollt einen Kopfstand machen, dann macht ihr einen. Man kann gemütlich Kaffee trinken gehen, und wenn man wiederkommt, steht ihr immer noch auf dem Kopf.

Gar nicht, sagte ich und versuchte alles, um in eine Szene zu kommen, in der etwas Aufregendes passierte; ich strengte mich sehr an, so eine Szene zu finden, aber alles, was ich schaffte, war, mich ein halbes Jahr lang mal vegetarisch zu ernähren, weil meine Schwester sich auch vegetarisch ernährte. Es war nicht sehr aufregend. Als sie dann sagte, ihr geht ja nicht einmal mehr auf die Straße, keine Demo und nichts, ging ich am 1. Mai zu einer Demonstration.

Es waren vielleicht hundertfünfzig Leute da, und ein paar von der Gewerkschaft redeten langweiliges Zeug, und dazwischen spielte eine ätzende Boogie-Woogie-Band. Hinterher erzählte ich meiner Schwester, daß ich auf der Demonstration zum 1. Mai gewesen war, aber sie lachte mich aus und sagte, da geht doch nun wirklich seit hundert Jahren kein Mensch mehr hin.

Vermutlich bin ich deshalb an diese alberne Trendforschung geraten. Es war die Geschichte vom Hasen und vom Igel. Ick bin allhier, sagte meine Schwester, und bis ich da war, war die Szene schon längst wieder weg und über alle Berge. Irgendwann hatte meine Schwester dann plötzlich zwei Kinder und einen Mann. Die anderen, mit denen sie in einer großen Altbauwohnung gewohnt hatte, zogen aus, sie und ihr Mann kauften die Wohnung auf Kredit, waren in der Kinderladenszene, und um den Dreh herum hatte ich das Gefühl, jetzt stehen sie auf der anderen Seite.

Ich wußte nicht, auf der anderen Seite von was sie standen, aber es war auf der anderen Seite.

Vielleicht kommt man nur auf die andere Seite, wenn man mit sechzehn mal abgehauen ist, dachte ich, vielleicht ist es überhaupt das Wesentliche, auf die andere Seite zu kommen, und plötzlich wünschte ich Josha, daß er abhauen würde. Nur, dachte ich, hat sich das mit Woodstock und Flower Power inzwischen ziemlich ausgeträumt, und wenn sie tatsächlich mit den Jesus-Freaks zusammenhingen, hieße die Sache Freak-Stock und gefiele mir gar nicht. Wir hatten vor ein paar Jahren mal was über die Leute gemacht, und es war Sekte pur. Saskia hatte gesagt, laß sie doch, es sind halt Spinner, aber ich hatte das Gefühl, sie sind so was wie die Vorboten des Jahrhunderts, eine verwirrte christliche Party mit Gut und Böse und keinem Sex, dafür jede Menge Erleuchtung und globale Mission, ein fanatisches Rocking Jesus mit Ekstase; eine Zeitlang hatten sie irren Zulauf aus den Resten irgendwelcher übriggebliebenen schwarzen Anarcho-Zellen, denen es langweilig geworden war, am 1. Mai Telefonzellen, Autos und Läden zu demolieren, und die sich nicht mehr erinnern konnten, daß sie aus den roten Zellen entstanden waren, zu denen meine Schwester mal gehört hatte, bevor sie nach der Kinderladenbewegung irgendeine Funktion im Schulelternrat bekam und sich mit den Freistunden der Kinder und Fehlzeiten der Lehrer befaßte.

In den neunziger Jahren hatte es eine ganze Weile ausgesehen, als ob man die Kids in den Griff bekäme. Sie fütterten ihre Tamagochis, schickten sich SMS, ließen den kleinen Mario über das Mini-Display ihrer Game-Boys hüpfen und trugen Hosen, bei denen der Schritt in den Knien hing. Die harte Szene schluckte Ecstasy, fuhr einmal im Jahr in die Hauptstadt und schmiß Bierdosen herum, und das war's. Die schwarzen Zellen wußten nicht, warum sie randalierten, und es sah aus, als wären sie bald erledigt. Ich fand es damals fast so wenig aufregend wie vor zwanzig Jahren, als die Gewerkschaftler ihre Reden hielten.

Ich mochte die mit den Brettern. Josha hat es offenbar schon gemacht, bevor er laufen konnte, und als Saskia bei uns anfing, war er schon richtig drin, und auf die Art kamen wir zu ihren Shops, wo sie alle irgendwas schraubten und schliffen oder Kugellager diskutierten und Bretter verglichen; wir waren auch stundenlang an den Spots und Pipes. Sie machten verrückte Sachen. Sie waren alle ins Gleichgewicht verknallt und richtige Akrobaten, und wenn sie nicht auf den Brettern standen, hatten sie was zum Jonglieren dabei oder rappten durch die Gegend, und natürlich dauerte es nicht lange, da flogen sie von den Plätzen. Dann fanden sie sich irgendwo anders wieder, sie kamen und gingen einzeln, allerhöchstens mal zu zweit, Josha wußte immer, wo sie waren, sie tauchten auf, blieben eine Session lang zusammen, gingen auseinander, und am nächsten Tag fanden sie sich wieder, immer woanders, sie waren wortkarg, ausdauernd, erfinderisch und gut.

Woran erkennt ihr euch, hatte ich Josha gefragt.
Wir erkennen uns halt, hatte er gesagt.

Ich hatte mal versucht zu surfen, aber das fängst du nicht so einfach mit Vierzig an. Ich war mir lächerlich vorgekommen und schließlich am Strand geblieben. Sie kamen einzeln in ihren schwarzen Anzügen, ihr Brett unterm Arm, und ruderten raus, bis man sie fast nicht mehr sehen konnte, und dort draußen waren sie plötzlich nicht mehr einzeln, sondern ein ganzer Schwarm. Manche lagen auf dem Brett, und manche saßen rittlings drauf, und von weitem sahen sie aus wie Tiere, ein bißchen wie eine Versammlung von Pinguinen, sehr vertraut miteinander und sehr weit weg vom Land. Das konnte dauern. Und plötzlich richteten sie sich auf, nicht alle auf einmal, aber alle. Sie drehten sich kurz um, sahen aufs offene Meer, vom Strand aus war es wie eine eigenartige Verabredung, man kann nicht erkennen, was da draußen vor sich geht, dann kommt die Welle, und kurz darauf sind sie vorn, wo der Bademeister den Betrieb überwacht, und genau in dem Moment zerfällt der ganze Schwarm, die einen nehmen ihr Brett und verschwinden in den Dünen, manche rudern wieder raus, es kommen andere dazu, und hier und da setzt sich einer in den Sand und schaut sich das Wasser an.

Das ist der Witz, dachte ich beim Gehen, sie tun etwas, und sie tun es einzeln, aber sie tun es auf Verabredung.

Ich war plötzlich sicher, daß Sweetsixteen nichts mit den Jesus Freaks zu schaffen hatte. Sie spielten ein eigenes Spiel.

Es war eine Szene, die wir nicht kannten. Und ich war neugierig, was sie spielten.

Ich war inzwischen in der Nähe des Bahnhofs und schaute die Leute an, die kaputten, die uniformierten, die gestreßten, die betrunkenen und die mit den Plastiktüten, die Punks und die Stricher, die ganze vierundzwanzigstündige Bahnhofsmischung, die normalerweise gesichtslos ist, aber ich sah sie plötzlich einzeln an und merkte nach einer Weile erst, daß ich jemanden suchte. Nicht jemand Bestimmtes, aber einen, der vielleicht sechzehn war und auf Verabredung abgehauen sein könnte, einen einzelnen, und ich war erleichtert, daß so einer nicht darunter war.

*

Nachdem Justy und Conny Hanssen aus den Schlagzeilen raus waren, gerieten zunehmend die Eltern und das Umfeld jener Jugendlichen in die Aufmerksamkeit der Medien, die zuerst verschwunden waren. Etliche Talk-Shows offenbarten von der prekären sozialen Lage der Frau Neumann in Strausberg, die natürlich rasch ausfindig gemacht worden war, bis hin zur Buttercremetorte bei Heusers und den mäßigen schulischen Leistungen von Dennis Kreymeier alles, was ein Publikum womöglich interessieren konnte.

Eines Tages berichtete Herr van Haaren, bei seinen eigenen Nachforschungen über seine Tochter Jennifer im Internet einen Chat-Beitrag gefunden zu haben, der von der Hand seiner Tochter stammen könnte. Die hätte in den letzten Wochen vor ihrem Geburtstag praktisch nur noch herumgechattet. Die Eltern waren offenbar beunruhigt, weil man ja nie wissen kann, ob so ein Kind nicht auf kriminelle Seiten kommt, Nazis, Kinderporno und so, und der Vater hatte angekündigt, sich über Kontroll- und Kinderschutzprogramme zu informieren und sie auf Jennys Computer zu installieren.

Darauf sei es zu einem Krach gekommen. Jennifer habe ihrem Vater nämlich, so Herr van Haaren, wortwörtlich das Folgende ins Gesicht gesagt.

Ich zitiere, sagte er und las von einer Karteikarte ab:

Wenn ihr (im Netz stand natürlich »meine Eltern«) wüßtet,

erstens, wie mein PC einzuschalten ist,

zweitens, wie ihr euch ohne einen bekannten Benutzernamen oder ein Paßwort anmelden könnt,

drittens, wie ihr überhaupt einen Internet-Explorer oder Opera-Browser benutzen könnt,

viertens, wie ihr Programme herunterladen oder ausführen könnt,

fünftens, was dann überhaupt Dateien sind,

sechstens, und wie man sie wieder löscht,

dann könnte euch solche Software nützlich sein. Bloß

habt ihr keine Ahnung von PCs, und also halt die Klappe.

Die anderen Talkgäste und der Moderator wiesen Herrn van Haaren darauf hin, daß tausende solcher Beiträge durchs Netz liefen und allesamt nicht so ohne weiteres identifiziert werden könnten, und Herr van Haaren sagte, na ja, irgendwo hat sie ja recht gehabt, ich bin am Computer ein Analphabet, aber sie hat gesagt, halt die Klappe.

Am nächsten Morgen lautete die tägliche Zuschauerumfrage eines privaten Nachrichtenkanals: »Kinder im Netz – Nutzen oder Gefahr?«

Sonntag abend befaßte sich eine Sendung mit dem Thema. Eingeladen waren ein Schulpsychologe, ein Kriminalbeamter, die niedersächsische Familienministerin sowie ein mittelständischer Industrieller aus Süddeutschland, der als einziger dafür plädierte, Kinder schon im frühen Alter mit der Welt vertraut zu machen, wie sie nun einmal sei, nämlich globalisiert, andernfalls wären die wirtschaftlichen Nachteile erheblich und Deutschland wieder einmal wie so oft das Schlußlicht in der Welt. Er erwähnte die Jugendarbeitslosigkeit und bestand darauf, daß zur Bildung, auch zur Grundschulbildung, dringend der Umgang mit neuen Medien gehören sollte, daß in einigen Regionen dieses Landes indes elektronische Minderbemittlung in jeder Hinsicht die Regel und zu beklagen sei und folglich der Wirtschaftsstandort in diesen Regionen nicht nur in Gefahr sei, sondern daß man längst von einem Wirtschaftsstandort überhaupt nicht mehr sprechen könne.

In Gefahr sei vor allem die seelische und körperliche Gesundheit der Schüler, die ihre gesamte Freizeit damit zubrächten, die aus den USA importierten gewalttätigen Pump-Gun-Spiele zu spielen und dabei Coca-Cola zu trinken und mengenweise Kartoffelchips statt Obst zu essen, wandte der Schulpsychologe dagegen ein, diese Spiele müßten verboten werden, worauf der Kriminologe zu bedenken gab, daß zwar Übergewicht auf Chips und Coca-Cola, nicht hingegen Gewaltbereitschaft auf Computerspiele zurückzuführen seien, da lägen die Dinge komplexer. Die Familienministerin versuchte zu beschwichtigen, indem sie sagte, es geht hier nicht um Amoklauf und Gewalt und Computerspiele, ganz entschieden müsse sie im übrigen vor Antiamerikanismus jeglicher Art warnen, es geht doch vielmehr, sagte sie, um die Frage, ob vom Netz eine Gefahr auf unsere Jugend ausgeht, worauf der Kriminologe seufzte und sagte, das ist die richtige Frage. Netzkriminalität, sagte er und hielt zur Veranschaulichung des Problems vier Finger der linken Hand in die Luft und zählte sie mit der rechten Hand ab, das sind im wesentlichen die infokalyptischen Reiter – darunter verstehen wir Drogen, Mafia, Terror und Pädophilie. Und leider, setzte er hinzu, hinken wir da doch noch sehr hinter den Tätern her. Die Aufklärungsrate ist kläglich. Er wollte nun erklären, daß zur Aufklärung von Netzkriminalität den Behörden vor allem Zugang zu Netzen ermöglicht werden müsse, aber die Familienministerin wollte von diesem heiklen Thema weg und unterbrach den Kriminologen. Sie gab zu, daß Kinder und Jugendliche wohl versehentlich einmal auf dubiose Internetseiten geraten könnten, wies aber auch darauf hin, daß es Untersuchungen gäbe, denen zufolge das sogenannte Hyper-Learning die Bildungsform der Zukunft darstellte – abseits der Kindergärten und der Schulen. Eben das bestritt der Schulpsychologe vehement, indem er davon berichtete, daß der Unterricht gerade in den Grundschulen in den letzten Jahren durch das zunehmende Auftreten des sogenannten Zappelphilipp-Syndroms erheblich erschwert sei, eine klare Folge ungebremsten Fernseh- und ganz allgemein des zügellosen Medienkonsums. Sie können sich nicht mehr länger als zwei Minuten konzentrieren und auf das Geschehen im Klassenzimmer einlassen, sagte er, und an dieser Stelle begriff die Moderatorin der Diskussion, daß der Schulpsychologe auf der ganzen Linie mit der Materie gründlich unvertraut war, schnitt ihm ungeduldig das Wort ab und hatte ihrerseits den Faden verloren, resümierte noch einmal die wirtschaftlichen Erfordernisse, kriminalistischen Risiken und den beruhigenden Umstand, daß es Möglichkeiten gäbe, Kinder vor eben diesen Risiken zu schützen, und kam dann zum Schluß.

Den Beteiligten, das kann im Fernsehen schon mal vorkommen, entging, daß Jennifer, genannt Bitch, ihrem Vater, als er von diesen Möglichkeiten sprach, unter anderem gesagt hatte, daß sie eben sehr stark bezweifle, ob er wirksam von diesen Möglichkeiten Gebrauch machen könne, sowie schließlich, halt die Klappe.

*

Die Ermittlungen der Polizei im Fall der verschwundenen Jugendlichen konzentrierten sich inzwischen mehr oder weniger diskret auf die blaue Internet-Seite, die Roman auch angeklickt hatte und die per Link zu den Jesus Freaks führte.

Die Kripo überprüfte die Internet-Aktivitäten der Jesus Freaks sowie etliche ihrer Gemeinden und deren Zusammenkünfte, die ein wenig merkwürdig schienen: In X trifft man sich im Akazienweg 3 – sollte niemand auf dem Bürgersteig sein, bitte bei Manni klingeln, in Y treffen sie sich gegenüber von Gleis 8, in Z hingegen muß man das Treffen per Mail bei Socke erfragen. Die Treffen selbst bestanden wesentlich aus den Reden jugendlicher oder doch sehr junger Laienprediger, die davon berichteten, daß sie Jesus begegnet seien, nachdem sie keinen Sinn in der Hardrock-Szene mehr gesehen hatten, und daß Jesus hammercool und das Heftigste überhaupt sei, andere erzählten, daß die Kirche sie angeödet hätte und sie die Events, die sie mit Jesus hätten, dort nicht ausleben könnten, und Jesus würde sich von denen mit Sicherheit auch angeödet fühlen, weil er gepredigt hätte, daß jeder aus seinem eigenen Background heraus zu ihm finden könnte, und in den Kirchen könnte man eben nicht die Mega-Musik machen, da ginge es bloß immer engstirnig und spießig zu, aber Jesus sei nicht nur was für Rentner, sondern hier seien sie, die next generation, und jetzt würden sie aufstehen und die Fete mit Jesus feiern, und zwar mit ihrem eigenen geilen Hardcore-Sound.

Keiner der verschwundenen Sechzehnjährigen wurde bei den Kontrollen aufgegriffen, allerdings bestätigte sich eine längst gewonnene Einsicht der Kriminalbehörden, daß nämlich die Klärung von Vermißten-Sachverhalten zu den schwierigsten Bereichen ihrer Tätigkeit gehört, besonders wenn es sich um Minderjährige handelt.

Davon, daß die untergetaucht waren und fast täglich weitere Minderjährige untertauchten, davon ging man inzwischen aus, und in diesem Fall, so der Sprecher auf einer der letzten Pressekonferenzen, die zu dem Thema gegeben wurden, muß man leider sagen: Nichts ist leichter als unterzutauchen. Und wer wegbleiben will, der bleibt weg, wenn er nicht durch einen Zufall aufgegriffen wird.

Auf die Frage einer Journalistin, wie man sich das vorzustellen habe, so ganz ohne Papiere, sagte der Sprecher, in groben Zügen gehen wir davon aus, daß ein Jugendlicher sich von der kleinen Einheit zur nächstgrößeren wendet, weil dort seine Anonymität besser gewahrt werden kann, also vom Dorf zur nächstgrößten Stadt, danach möglichst in eine große Stadt, und im Grunde wollen die meisten dann nach Berlin.

Und wo kommen sie unter, fragte jemand und fügte hinzu, haben wir uns das so vorzustellen, daß sie im U-Bahn-Netz und der Kanalisation hausen? Es sind ja doch keine Einzelfälle mehr.

Wir haben Erkenntnisse darüber, sagte der Sprecher, daß es unter den Jugendlichen, besonders in Berlin übrigens, eine gewisse Solidarität gibt. Da kennt jeder jemanden, der wiederum jemanden kennt, und so kommen die meisten zu provisorischen Unterkünften, aber wie gesagt, Genaueres können wir da nicht sagen.

Plötzlich erhob sich jemand und sagte in den Raum, und welche Rolle spielt der WWPS bei Ihren Ermittlungen?

Der bitte wer, sagte der Polizeisprecher gedehnt. Es klang, als wollte er Zeit gewinnen.

Der WWPS, sagte der Journalist. Der World Wide Pizza Service.

Die Anwesenden lachten.

Der Polizeisprecher lachte nicht, und der Journalist fuhr fort. Seine Nachforschungen hätten ergeben, daß es sich um den internationalen Missionsdienst der Jesus Freaks handele, die womöglich mit dem Fall zu tun hätten.

Uns liegen keine Aufschlüsse darüber vor, sagte der Polizeisprecher defensiv; offenbar war er unsicher geworden, und der Journalist hakte nach, ob der Polizei vielleicht auch nichts darüber bekannt sei, daß die sogenannten Missionare dieses sogenannten Pizza Service in Wirklichkeit nichts anderes seien als Sektensklaven, die zum Dienst in der dritten Welt rekrutiert würden, dort in Massenunterkünften untergebracht und unter Aufgabe ihres Willens zur hundertprozentigen Unterwerfung unter die Führung der Sekte gezwungen würden.

Es handele sich seines Wissens, sagte der Beamte kurz, bei den Jesus Freaks nicht um eine Sekte im Sinne der EU, und danach wurde die Pressekonferenz ein wenig abrupt beendet.

*

Josha lag auf dem Bett, hatte die Stöpsel in den Ohren und schaute an die Decke.

Sehen wir uns den Jungen doch einfach mal an, hatte ich gesagt, nachdem Saskia durch die Sektengerüchte panisch geworden war. Sie hatte gesagt, ging so nicht das Märchen von diesem Rattenfänger; lief das nicht auch darauf raus, daß sie Jungen für die Armee abgeschleppt haben?

Ich hatte auch schon an die Rattenfängergeschichte gedacht.

Die Geschichte hatte mich immer interessiert, vielleicht weil ich nie abgehauen bin.

Ich sagte, es sieht nur so aus, als würden sie abgeschleppt und entführt, in Wirklichkeit wollten sie weg.

Saskia sagte, echt?

Klar, sagte ich, Mittelalter. Denen ging's nicht besonders, und dann kamen irgendwelche Leute, Adlige aus der Uckermark oder was weiß ich, und wollten ihre Gegend besiedeln, und die Kinder haben sich das nicht zweimal sagen lassen und sind von zu Hause abgehauen.

Sehr beruhigend, hatte Saskia gesagt, und wir hatten beschlossen, sie am Samstag nachmittag zu besuchen.

Nicht daß ich mich am Ende darüber beklage, zu wenig Besuch zu bekommen, hatte sie gesagt.

Am Samstag vormittag hatte Roman angerufen und abgesagt, weil er Gila nicht mit dem Baby allein lassen wollte, das Kind kriegte Zähne und brüllte offenbar nicht nur nachts, sondern inzwischen rund um die Uhr.

Josha nahm die Stöpsel aus den Ohren und sagte, hi.

Hi, sagte ich.

Hör mal, sagte er und stellte die Musik auf laut.

Ist nicht wahr, sagte ich. Er hörte Elvis.

Jailhouse Rock, sagte Josha.

Soso, sagte ich, das hört ihr jetzt. Es klang grauenvoll jovial. Mir fiel das endlose Defilé aller nahen und fernen Verwandten ein, die mir ihre Anwesenheit mit dem Satz »und wie geht's denn in der Schule« verpestet hatten, und ich hätte mir gern auf die Zunge gebissen.

IHR weiß ich nicht, sagte Josha, ich hör das jetzt.

Ich sagte, ich habe das auch gehört, aber zu der Zeit war es so was von uncool, daß es schon fast verboten war.

In den Jahren, als ich von Heartbreak Hotel und den Blue Suede Shoes nicht genug kriegen konnte, war die Szene längst bei Patti Smith, jedenfalls die Szene von meiner Schwester. Es war die Schwanz-Ab-Zeit, und meine Schwester mutierte kurzzeitig zur bekennenden Lesbe. Elvis konnte einen damals einsam machen.

Sind deine Leute diesmal nicht mitgekommen, sagte ich.

Siehst du etwa welche, sagte Josha.

Die Audienz war beendet.

Ich trat den Rückzug an.

Paßwort vergessen? sagte Saskia, als ich rüberkam.

Ich sagte, ich habe mal einen Film gesehen, der ging so: Jean Gabin und Simone Signoret sind seit Ewigkeiten verheiratet und inzwischen alt. Sie hassen sich und reden möglichst nicht miteinander.

Und? sagte Saskia.

Das ist alles, sagte ich, aber volle neunzig Minuten.

Klingt spannend, sagte sie.

Josha kam aus dem Zimmer und ging in die Küche, holte sich ein Stück Käse aus dem Kühlschrank, setzte sich auf Saskias Schreibtischstuhl und sagte, ist was?

Kommt drauf an, sagte Saskia.

'tschuldigt, sagte Josha, zog sein Handy aus der Hosentasche, las seine SMS und tippte blitzschnell eine Antwort.

Mann, bist du schnell, sagte ich.

Anders geht's nicht, sagte er. Entweder du bist schnell, oder du bist draußen.

Klingt nicht gerade nach Zen, sagte ich.

Josha hatte es mit Fernost.

Schmeckt gut, sagte Josha in Saskias Richtung, schmeckt wirklich gut, dein chiizu.

Mein was, sagte Saskia.

Josha lächelte: dein cheese, bloß auf japanisch.

Es klang, als wäre das ein Anfang.

Lernt ihr jetzt Japanisch in der Schule, fragte ich, aber Josha sagte bloß verächtlich, Quatsch Schule.

Saskia sagte eilig, ich habe nie so genau verstanden, warum es die Schule gibt.

Josha sagte, sie stehlen dir bloß die Zeit.

Saskia lachte und sagte, ich sehe dich noch, wie sie dich eingeschult haben, es war furchtbar.

Sie erzählte, daß Josha sich wie verrückt auf die Schule gefreut hatte. Die Mutter war mit ihm hingegangen, er hatte den Schulhof gesehen, darauf einen Sandkasten, ein kindergerechtes Klettergerüst, danach das Klassenzimmer mit bunten kindergemalten Bildchen der Vorgängerklasse an der Wand, und die Lehrerin sprach mit ihnen wie mit Babys.

Ich bin doch kein Baby, hast du den ganzen Nachmittag gesagt, du bist total sauer gewesen und hast getobt und fassungslos immer wieder gesagt, muß ich da ehrlich jeden Tag hin.

Ich hab noch das Foto, sagte sie, und Josha sagte, zum Kotzen.

Offenbar war er gelegentlich einfach nicht hingegangen, sondern statt dessen durch die Stadt getrödelt, und seine Mutter hatte bei jedem Anruf der Schule erst einmal Herzstillstand und anschließend alle Mühe gehabt, ihn in der Stadt zu finden, mal war er am Spielplatz, mal im Park, und einmal erwischte sie ihn im Kaufhof, wie er gerade dabei war, eine Autorennbahn zu konstruieren.

Einmal haben sie dich von der Polizei suchen lassen, sagte Saskia.

Wenn er aus der Schule kam und man ihn fragte, wie war's, sagte er ein einziges Wort. Schulisch. Mehr war nicht aus ihm herauszubekommen. Das machte er heute noch.

Seine Mutter hatte gesagt, das fängt ja gut an, nachdem sie ihr Kind die ersten paar Male irgendwo aufgefischt und ihm zu erklären versucht hatte, daß Schule nicht freiwillig sei.

Später war er zwar hingegangen, aber von Zeit zu Zeit bekamen seine Eltern Briefe, in denen sie dazu aufgefordert wurden, das Kind nicht barfuß in die Schule gehen zu lassen.

Es hatte regelmäßig Krisen gegeben, Josha war oft zornig gewesen und hatte sich bei Saskia beklagt.

Was soll der ganze Scheiß, hatte er gesagt, die haben's einfach nicht drauf.

Also chiizu heißt Käse, sagte ich. Machst du jetzt einen Sprachkurs, und so erfuhren wir, daß sie sich hinsetzten und die verrücktesten Sachen aus dem Netz holten, mal zusammen und mal allein. Josha stand auf Graffiti, Mangas und auf Japanisch. Worauf er sonst noch stand, wußten wir nicht.

Im Netz gibt's alles, sagte er großzügig, als hätte er es selbst erfunden und in Gang gebracht und führte uns nun darin herum. Er kam mir vor wie ein Hausbesitzer, der seinen Gästen voller Stolz sein Eigenheim zeigt.

Saskia sagte vorsichtig, ich dachte, ihr ladet euch Songs runter oder spielt die Sims oder was für Computerspiele auch immer. Hast du nicht die ganze Zeit dieses Roller-Coaster gespielt, aber Josha sagte listig, Kinderkram. Das war mal.

Ich sagte, bei meinen Eltern standen im Giftschrank drei klemmige Aufklärungsbücher, aus denen man absolut nicht lernen konnte, wie es geht, und eine Flasche klebriger Likör, du brauchtest nur den Schlüssel dazu, und der war in der obersten Schublade im Schreibtisch, eigentlich zum Heulen, aber real. Du konntest immerhin erwischt werden, und dann gab es Krach und rote Ohren.

Josha lachte.

Mein Vater hat's mal versucht, sagte er, aber der ist ein toshi-yori und kryptotechnisch voll jenseits, bei dem hat der Schrödinger 'ne Katze, und Navajos sind Indianer.

Hoppla, sagte ich und dachte, wenn er jetzt weiterredet,

ist bei mir langsam Ende, aber Josha merkte, daß er sich verplappert hatte, und sagte, ich mein' nur, DER hat jedenfalls keinen Schlüssel.

Saskia hatte des Heuser-Phänomen fest im Auge und fragte jetzt plötzlich, seid ihr eigentlich viele?

Josha war fünfzehn und fiel auf die Attacke herein.

Mehr als du denkst. Hardcore über hundert, sagte er ehrfurchtsvoll, woraus wir schlossen, daß Josha nicht dazugehörte, jedenfalls noch nicht.

Er hätte Ende Mai Geburtstag.

*

Ende Februar tauchte im Netz, unbemerkt von den Behörden, das Manifest auf und kursierte zunächst auf Schulhöfen, bevor es an die Öffentlichkeit gelangte.

WIR SPIELEN NICHT MEHR (MIT)
ES WIRD ERNST
lautete die Überschrift, und dann kam eine etwas krause Abrechnung, die ganz offensichtlich von Jugendlichen stammte und in der folgenden Zeit außerordentlich populär wurde.

Wir haben genug von der Verarschung, stellten die Verfasser fest und fingen bei den Schulen an, die, so der Text, zu blöde seien, einem das Rechnen und Schreiben beizubringen, geschweige denn, worauf es wirklich ankommen würde im Leben. Man trete da aus und bringe sich das Wesentliche künftig selber bei, anstatt sich von dem Müll irgendwelcher Leute vollabern zu lassen, bei denen es vor fünfzehn Jahren ausgesetzt hatte.

Ausgesetzt hatte es nach Beobachtung der Autoren ebenfalls bei deren Eltern und mit seltenen Ausnahmen bei mehr oder weniger allen sogenannten Erwachsenen, wobei das Pamphlet hier eine Unterscheidung machte zwischen den Depressos und den Regressos.

Die Depressos waren offenbar die minder schwere Kategorie, sie befaßten sich mit sentimentalen Retro-Phantasien: Je nach Couleur träumten sie sich in Zeiten zurück, als sie noch gedacht hatten, sie würden was kapieren, und heulten, weil sie inzwischen nichts mehr kapierten seit dem Ende der alten Welt und der Kohle, und dann hätten sie entweder Schiß, weil sie demnächst keine Arbeit mehr hätten, oder sie hätten inzwischen keine mehr, und dann heulten sie sowieso und sahen sich die täglichen Witzfiguren im Fernsehen an, wie sie im Kreis sitzen und darüber reden, was sie tun könnten, wenn sie was tun würden, was sie aber nicht tun, weil sie als tägliche Witzfiguren im Fernsehen im Kreis sitzen und reden.

Das Manifest betrachtete die Depressos als eine pflegeaufwendige Spezies, mit der sich eine Koexistenz nur schwer, aber im großen und ganzen doch noch irgendwie machen ließ.

Gnadenlos hingegen artikulierte es sich gegen die Regressos, die gewissermaßen eine gefakede Existenz führten, in Wirklichkeit seien sie bis zur Debilität entschlossen, im Zweifel sogar gegen ihre eigene Nachkommenschaft, ihr Monopol auf geistigen und physischen Schwachsinn zu verteidigen, der aus dem geschlossenen System von Jobben, Shoppen (eine Unterkategorie des Shoppens stelle der Urlaub dar) und Glotzen bestünde.

Hier wurde der Text ausufernd und gab sich detaillierter Medienkritik hin, die zuletzt gar in einen Mißbrauchsvorwurf mündete, denn schließlich wäre es nichts als blanker Mißbrauch, wenn man an Wochentagen nicht raus und was machen dürfe und sich statt dessen ansehen müsse, wie die eigenen Erziehungsberechtigten zu ferngesteuerten Idioten mutierten, lustige Ratespielchen spielten und sich von einem Typen fragen ließen, wann die Berliner Mauer gefallen wäre, und statt zu sagen, wann, sagten sie dann, das ist was für dich, das ist eine richtige Pisa-Frage, wann ist die Berliner Mauer gefallen. Wann ist Friedrich Schiller gestorben, vor fünfzig, vor hundert, vor hundertfünfzig oder vor zweihundert Jahren, a, b, c oder d, und wo genau liegen die Malediven, wobei das Ratespielchen noch die harmlose Variante des abendlichen Zeitvertreibs von Regressos sei, etliche würde es anmachen zuzugucken, wie irgendwelche Versuchskaninchen (ebenfalls Regressos) Regenwürmer fressen oder in ihren Lachsackpacks zwangswitzig sind, und jedenfalls, so das Manifest, habe man die Nase voll davon, sich abends entweder dem mürbenden Depresso- oder dem ultimativ tödlichen Regressoprogramm unterziehen zu lassen.

Zum Vorwurf des Jobbens war der Text vermutlich deshalb recht knapp, weil die Verfasser das Übel wohl eher dem Namen nach kannten, weshalb sie seine Vorzüge oder Nachteile schwer abschätzen konnten, ihre Bemerkungen bezogen sich eher darauf, daß sie sich davon entweder gar nichts erwarteten, also in der Ausbildung gewissermaßen die Fortsetzung der schulischen Verblödung nur mit anderen Mitteln vermuteten, in der späteren Tätigkeit hingegen eine Komplettverarschung, so der Ausdruck, die darin bestünde, die Hälfte der Kohle an die obigen Witzfiguren abzugeben, einzig dafür, daß sie täglich im Kreis sitzen und den Depressos zu Hause erzählen, was zu tun wäre, wenn sie was tun würden. Und den Rest, so die jugendliche Vorstellung der Autoren, müsse man sich eh aufheben, weil die Witzfiguren die Rentenkohle bekanntlich längst verbraten und verfressen hätten, bis man mal dahin käme.

Was ganz allgemein den Gelderwerb und -besitz anging, so führte der also entweder zur Geldvernichtung durch die Witzfiguren oder aber, und hier wurde der Text wieder ausführlich, zum dritten Anklagepunkt, dem Shoppen, das eine der widerlichsten Spezialitäten der Regressos zu sein schien.

*

Lauterster Pasolini, sagte ich, als Saskia mir erzählt hatte, was sie übers Shoppen dachten.

Du immer mit deinen alten Sachen, sagte Saskia, aber sie war noch in Fahrt, und während sie also in glühenden Farben schilderte, wie sehr sie es haßten, daß die Städte sinnlos verstopft seien von Regressos, die nur auf der Jagd danach seien, irgendwo Sachen abzugreifen, mit denen sie sich oder ihre Kleiderzimmer oder ihre Wohnungen anschließend sinnlos verstopften, dachte ich an Pasolini und meine Aufregung damals. Es war wahnsinnig aufregend, dachte ich, den Freibeuter zu entdecken, ganz allein, ganz ohne eine Szene oder eine große Schwester oder sonst irgendwen, und wenn du den Freibeuter entdeckt hast, kam es dir vor, als wären da noch furchtbar viele, die den Freibeuter auch entdeckt hatten, nicht alle auf einmal natürlich, aber was wäre dann, wenn die sich alle verabredet hätten, einfach damit aufzuhören. Glotze aus und nur noch kaufen, was man braucht.

Ich hatte meiner Schwester von Pasolini erzählt, und sie hatte gesagt, der hat einen moralischen Knall.

Ich hatte gesagt, er ist schwul, weil ich dachte, das könnte ihn bei meiner Schwester verteidigen.

Na und, hatte sie gesagt, vorwiegend ist er katholisch.

Aber stell dir bloß mal vor, was passieren würde, wenn tatsächlich keiner mehr fernsehen und sinnlose Sachen mehr kaufen würde, hatte ich in meiner Begeisterung gesagt, aber leider wußte meine Schwester, was dann passieren würde: Ganz einfach. Krieg. Sie würden sich die Schädel einschlagen.

Stell dir vor, sie machen es wirklich, sagte Saskia.

Na ja, sagte ich, kaufkrafttechnisch sind sie nicht gerade ein sehr bedeutender Wirtschaftsfaktor.

Saskia sagte, das nicht, aber sie werden immer mehr.

Hast du mal Pasolini gelesen, fragte ich, aber Saskia sah mich nachsichtig an und sagte, hör mal, das war eine Weile vor meiner Zeit.

Es war sonnenklar, daß weder Saskia noch die Unterzeichner des Manifests auch nur eine Zeile von etwas gelesen hatten, das in den finsteren Jahren siebzig des letzten Jahrhunderts verfaßt worden war, die sich offenbar nahtlos an die Zeit der Neandertaler angeschlossen haben und mit ihnen versunken sind.

Ich war gespannt, wie sie das Rad noch mal erfinden würden.

Das Manifest war nicht namentlich unterschrieben, sondern mit einer Formel unterzeichnet.

WIR SIND VIELE.

ALLEIN, ABER NICHT EINSAM.

*

Zuerst tauchte das Wort in einem illegalen norddeutschen Pop-Radiosender auf, den Roman gelegentlich hörte, während er Babydienst hatte.

Er rief uns im Büro an und sagte, macht euch mal auf Otaku gefaßt.

Es klang wie eine Sturmankündigung.

Ich sagte, das ist dein Spielzeug, du hast das Zeug studiert, und du warst schließlich in Japan.

Vor Jahren, sagte Roman, also verlaßt euch besser mal nicht darauf.

Roman ist für Asiatisches und Softwaregeschichten zuständig, es fällt in seine Zeit beziehungsweise fiel in seine Zeit, weil seine Zeit bis auf weiteres mit dem Kind geendet hat.

Immerhin waren wir einigermaßen im Bild, als der Sturm losbrach.

Der Vorbote war eine eilig zusammengeschusterte Sendung in einem regionalen Kultursender, der mehr oder weniger mit dem Material arbeitete, das seit Jahren im Archiv lag: Man sah vereinzelte Jugendliche in winzigen Zimmerchen, die vollgestopft waren mit Spielhallenmaschinen, hunderten von Computerfestplatten und Platinen, dann kamen Aufnahmen von einer Comic-Messe, auf der japanische Amateur-Mangas ausgestellt und getauscht wurden, und natürlich die dazugehörige Schreckensgeschichte des vierfachen Mordes an jungen Mädchen sowie des vierzehnjährigen Otaku-Vorgängers, der einen Schüler ermordet und seinen Kopf vor die Grundschule in Kobe gelegt hatte. An sich seien Otaku scheue Wesen, wurde betont, die nicht zur Gewalt neigten, auch wenn in den achtziger Jahren gelegentlich Jugendliche mit Baseballschlägern ihre Eltern erschlagen hätten. Hier wurde ein deutsch untertitelter Interviewausschnitt mit einem japanischen Soziologen eingeblendet, der mit ernster Miene den schockierenden Satz sagte: Wir haben eine Generation herangezogen, die sich nichts dabei denkt zu töten. Jetzt sehen wir die Folgen.

Die Aggressionen der Jugendlichen, so der Bericht weiter, wurden bis zum Jahr 1984 durch drastische Disziplinarmaßnahmen gestoppt, die genauestens vorschrieben, wie ein Jugendlicher sich zu benehmen, wie er zu sprechen, ja sogar wie er zu gehen habe.

1984 galt offiziell als das Geburtsjahr der Otaku, die in der Regel schulunauffällig seien, sich gesittet aufführten und fleißig lernten. Ihre Interessen seien zwar bedenklich informationsfetischistisch und insofern aberrant, also abwegig oder sogar pervers, aber bis jetzt, jedenfalls soweit es bekannt sei, weitgehend harmlos; sie richteten sich auf Spiele, Comics, Sammlungen usw.

Dennoch stellten sie ein gehöriges Untergrundpotential dar, das in Zeiten von DSL und der Flut von Mikrowelten und Informationen ohne Informanten durchaus eine Zeitbombe werden könnte.

Bislang habe man angenommen, das Problem mit den

Otaku sei allerdings nicht vorrangig ein Untergrundproblem, sondern eines ihrer leider sehr großen Menge. Solange sie jedoch in wie großer Menge auch immer an den Computern, also in ihren Häusern und sich gegenseitig vom Leib blieben, denn nichts anderes bedeute das Wort Otaku, seien sie zwar in ihrem geschlossenen elektronischen System durchaus antisozial, meistens übergewichtig im übrigen, und isoliert, aber eben dadurch auch, wie gesagt, harmlos. Ein Wissenschaftler hatte das Bild entwickelt, daß sie sich aus der unbegreifbar komplex gewordenen Welt in einen Kokon zurückziehen und dort bleiben, anstatt die Hülle nach einer Zeit der Entwicklung dann zu durchbrechen und als Schmetterling loszufliegen. Besser vielleicht, so die Moderatorin zum Schluß des Beitrags, sei das Bild des Tintenfischs, der mit allen anderen Geschöpfen gemeinsam im selben Wasser lebt, sich bei Bedarf aber unsichtbar machen kann. So etwa schwimme der Otaku im Medium der Medien, allein, aber nicht einsam.

Ein möglicher Zusammenhang mit dem Heuser-Phänomen wurde nicht ausdrücklich angesprochen. Die Sendung war ein sogenanntes Kult-Magazin mit vorwiegend jugendlichen Zuschauern oder solchen der Single-Generation, die den Anschluß nicht reißen lassen wollten.

Dann kam der Sturm: die Titelgeschichte eines Nachrichtenmagazins am folgenden Montag. Unsere Jugend – eine neue Generation von Otaku? war die Frage, sie stand in grell orangefarbenen Fantasy-Lettern quer über einem martialischen Manga, das etliche mit Schwertern bewaffnete junge Leute mit kampfentschlossenen Kindergesichtern zeigte. Im Unterschied zu dem Kult-Magazin am Wochenende sah der Artikel am Montag sehr wohl einen Zusammenhang zwischen dem Fluchtverhalten der japanischen Computerkids in virtuelle Welten und dem physischen Verschwinden der Jugendlichen aus der wirklichen Welt ihrer Elternhäuser und Schulen, allerdings, so der Artikel, schienen die Heuser-Kids nicht zur klassischen Art der Otaku zu gehören, sondern eine neue, eine mutierte Sorte Otaku zu sein. Zur Übersicht über das in Europa bisher weitgehend unbekannte Phänomen wurde zunächst die Geschichte der japanischen Kultur und des Bildungssystems abrißhaft nachgezeichnet, die diesen Menschentyp hervorgebracht haben, dieses Produkt »des Hyper-Kapitalismus und der Hyper-Konsumgesellschaft«, wie Yamazaki Koichi es bezeichnet hatte.

Eine Fußnote erklärte unten auf der Seite, daß es Yamazaki, ein unbedeutender Redakteur einer unbedeutenden kleinen Zeitschrift, gewesen war, der den Massen computersüchtiger junger Japaner den Namen Otaku und damit eine Identität gegeben habe, wobei die Frage der Identität gerade bei den Otaku etwas verdreht sei, sie selbst nämlich würden sich nie als Otaku bezeichnen, ja, man könne geradezu an der Vehemenz, mit der ein Otaku die Bezeichnung als Otaku ablehnt, erkennen, daß er ein Otaku sei.

Oben im Text wurden die traditionellen Leidenschaften der Otaku kurz behandelt, es wurde darauf hingewiesen, daß demnächst die Hälfte aller japanischen Publikationen Comics und Zeichentrickfilme seien, sogenannte Manga bzw. Anime nämlich, etliche davon blutrünstig, andere pornographisch; es wurde besonders erwähnt, daß unter den pornographischen Mangas eine besondere Rolle jene rori-kon spielten, deren Name auf den nach dem Roman von Vladimir Nabokov benannten Lolita-Komplex verweise, wobei die Obszönität der Otaku eine abstrakte sei, die sich allein auf die Darstellung pornographischer Zeichnungen beschränke, da die Otaku an Sex selbst in der Regel keineswegs interessiert, sondern in ihrer Distanz und Abgelöstheit geradezu aseptisch seien, wie übrigens auch der Name der hübschen homosexuellen Yaoi-Comics zu verstehen gebe, denn Yaoi sei ein zusammengesetztes Kunstwort und besage so viel wie: kein Orgasmus, kein Witz und keine Bedeutung. Der 2-D-Sex stelle also im Grunde nichts weiter dar als das bekannte Peter-Pan-Syndrom: bloß nicht erwachsen werden.

Hier wurde ein Bericht über den Otaku-Mord an den vier kleinen Mädchen eingeflochten und erwähnt, daß man bei den Ermittlungen gegen den später geständigen Mörder tausende von Tapes mit großenteils pornographischen Videos gefunden habe und daß der Täter zwei seiner Opfer auf Video gefilmt hatte, allerdings seien seit 1989 keine weiteren Gewalttaten aus der Otaku-Szene bekannt.

Daß das Phänomen nach Europa überspringen könnte, damit hätte das Familienministerium, so der Vorwurf des Nachrichtenmagazins, offenbar fahrlässigerweise nicht gerechnet, obwohl so etwas im Zuge der elektronischen Revolution im Grunde zu erwarten war, die Informationsbombe ticke schließlich nicht erst seit gestern, und hier solle also auch gleich auf die Gefahr der in Amerika aus dem Ruder laufenden »Geeks« und »Nerds« hingewiesen werden, die das abendländische Pendant zu den Otakus darstellten, sofern es überhaupt noch angemessen wäre, im Zuge der explodierten Elektronifizierung jeglicher Kultur von »Abendland« überhaupt zu sprechen. Allerdings bezeichneten sich sowohl die Otaku als auch die Geeks als Couchpotatoes und seien im Grunde eine Art geistige Yuppies, mit denen sie zwar die Grundhaltung des Snobs teilten, nicht aber die Vorliebe, diesen Snobismus mit dem Kauf ihrer Kleider und sonstigen Markenartikel zu dokumentieren; unter einem Geek müsse man sich, so das Magazin, vielmehr den frühen Bill Gates wie auch die Mehrzahl der in Silicon Valley beschäftigten jungen Leute vorstellen, äußerlich vernachlässigt, aber fanatisch und, ebenso wie die Otaku und sehr anders als die Yuppies, daher völlig uncool.

Daß es sich bei der in Deutschland durch ihr Verschwinden und die kürzlich aufgetauchte Manifestation bekanntgewordene Heuser-Gruppe nicht um die schlichte Variante einer Otaku- oder Geek-Scene handeln könne, müsse man annehmen, da ja das Kennzeichen beider Szenen geradezu das Verharren zu Hause sei. In unserer Kultur habe man im ausgehenden letzten Jahrhundert ähnliche Tendenzen beobachtet – die Jugendlichen brauchten immer länger, bis sie die Elternhäuser verließen und sich selbständig machten, man sprach damals ironisch vom Hotel Mama, in dem die Kinder sich oft bis weit über Dreißig tummelten und ihren Spaß hatten –, im Gegensatz dazu sei das Besondere und Beunruhigende an der Heuser-Gruppe eben das vorzeitige und abrupte Verlassen der Häuser, also gerade nicht die Flucht aus der Wirklichkeit, sondern die Flucht in die Wirklichkeit, einer Wirklichkeit allerdings, die sich und sie dem Blick der anderen wie auch dem der Ermittlungsbehörden entziehe.

Noch am selben Nachmittag riefen zwei unserer wichtigsten Kunden an und fragten mehr oder weniger diplomatisch nach, ob sie möglicherweise ihren Auftrag in Richtung Manga noch ändern könnten.

Saskia versuchte abzuwiegeln, aber es war klar, daß der Artikel eine Welle lostreten würde.

Na bravo, sagte sie anschließend, irgendwie kriege ich jedes Wochenende kaputt.

Josha war diesmal nicht gekommen, ihr Freund war auf der Cebit, und sie hatte sich an die Layouts gesetzt.

Und jetzt ist alles für die Katz, sagte sie.

*

Das Familienministerium protestierte am Abend gegen den Vorwurf, den das Nachrichtenmagazin am Morgen erhoben hatte. Eine Sprecherin erklärte, daß dem Ministerium sowohl die japanische als auch die amerikanische Form des Computermißbrauchs durch Jugendliche durchaus bekannt sei und daß man vor allem die Schäden im Auge habe, die die jungen Menschen durch ungezügeltes Spielverhalten erleiden könnten, es ginge da hauptsächlich um Sehstörungen und Epilepsie, daß es aber keinen Anlaß dazu gebe, das Problem, um das sich im übrigen die japanischen und US-amerikanischen Behörden seit längerem kümmerten, als eine Gefahr für unser Land anzusehen, gefährlich sei es dagegen, die Sache durch die Medien aufzubauschen und mit dem Fall der in Deutschland untergetauchten jungen Leute in Verbindung zu bringen, von denen zwar inzwischen bekannt sei, daß sie mehrheitlich ebenfalls unauffällig und lernbereit gewesen seien und recht gute Noten in der Schule gehabt hätten, aber das allein, darum möchte man doch bitten, mache sie noch lange nicht zu Computermonstern oder gar Hackern. Da könnte ja gleich jeder halbwegs mittelmäßige Schüler in den Verdacht geraten. Im übrigen habe eine Überprüfung ergeben, daß die fraglichen Jugendlichen keinesfalls auffallend übergewichtig gewesen seien.

Das kurze Statement schloß mit der Bemerkung, daß man doch bitte die Kirche im Dorf lassen möge.

Die offizielle Zahl der inzwischen von ihren Eltern als vermißt gemeldeten Jugendlichen wurde seit längerer Zeit nicht mehr genannt.

Gleichwohl hatten die Medien inzwischen zahlreiche Elternklagen in der Hand. Es schien ihren Berichten zufolge inzwischen so zu sein, daß die Polizei – offenbar von oben dazu instruiert – die Eltern davon abzuhalten versuchte, eine amtliche Vermißtenanzeige überhaupt zu erstatten.

Besonders drastisch hatte sich dies zugetragen im Fall des Ehepaars Jülich aus Darmstadt, dem der leitende Beamte auf der Dienststelle zu verstehen gegeben habe, ein abhanden gekommenes Fahrrad lohne schließlich auch nicht die Mühe einer Anzeige, es würde doch sowieso nie gefunden, und, um es ehrlich zu sagen, ein Fahrraddiebstahl würde von polizeilicher Seite doch längst nicht mehr verfolgt, dabei sei ein Fahrrad in der Regel bestens gesichert und mit Sicherheitsschlössern irgendwo fixiert, und außerdem könne ein Fahrrad sich nicht von selber vom Fleck bewegen, während ein abgängiger Jugendlicher offenbar sehr mobil und ohne sein Handy praktisch unmöglich zu orten sei.

Im übrigen seien Jugendliche im Alter von sechzehn Jahren keine Kleinkinder mehr, sie hätten, im Gegensatz zu einem Fahrrad, einen ausgeprägten eigenen Kopf, und man erwäge bekanntlich, ihnen mit gewissen Einschränkungen den vorzeitigen Erwerb eines Führerscheins zu ermöglichen, und ihn, den leitenden Beamten, würde es nicht wundern, wenn demnächst das Wahlrecht entsprechend geändert würde.

Zufällig ging Frau Jülich mit der Lokalredakteurin des Darmstädter Anzeigers und einigen anderen Frauen regelmäßig in die Sauna, und dort hatte sie Zeit, von dem unmöglichen Verhalten auf der Dienststelle zu berichten.

Das machen die bloß, um die Statistik zu frisieren, wurde sie später in der Zeitung zitiert, und noch später stellte sie in einer Talk-Show, in der betroffene Eltern über ihre Erfahrungen berichteten, klar, daß der Satz von der Redaktion gekürzt worden war, tatsächlich hatte Frau Jülich gesagt: Das machen die bloß, um die Statistik zu frisieren, da haben sie Übung drin, das machen sie mit den Arbeitslosen doch schon die ganzen Jahre.

Wie stellen die sich das überhaupt vor, hatte sie auch gesagt und wiederholte es vor dem Fernsehpublikum, ich kann den Bub doch net anbinde, daß er mir net davonlaufe tut, oder was.

*

Lies dir das mal durch, sagte Roman. Die Polizei vermutet, daß sie vernetzt sind. Daß ich nicht lache. Wo leben wir denn?

Ich sagte, soweit ich weiß, haben die Mühe, alle ihre Dienststellen anzuschließen. Es soll welche geben, die arbeiten noch mit Tipp-Ex und Durchschlagpapier.

Roman sagte, und abends ziehen sie sich auf dem Sofa die Cybercops rein und sind Silvester Stallone.

Apropos Cybercops, sagte ich, mal rein theoretisch – könnte man die Kids übers Netz kriegen?

Sie müßten sich sehr blöd anstellen, sagte Roman. Über die Handys ja, aber die verschicken sie ja per Post. Das hat schon Stil, findest du nicht.

Ich stelle mich jetzt nicht blöd, sondern ich BIN blöd, sagte ich. Jeder, der mit nichts anderem als Bauklötzen, Teddybären und zum Geburtstag Single-Platten aufgewachsen ist, IST blöd, also könntest du mir das erklären?

Nachdem er es mir erklärt hatte, wußte ich, daß sie sich vermutlich mit irgendwelchen getürkten gmx-Adressen in irgendwelchen Chat-Nischen verabredeten.

Es ist auch gut möglich, daß sie eine beliebige Website nehmen, und, ohne daß der Webseitenbesitzer das überhaupt ahnt, verlinken sie sich woanders hin, sagte Roman. Das kannst du locker machen.

Ich sagte, also zum Beispiel gehen sie auf Sweetsixteen, von da aber nicht zu den Jesus Freaks, obwohl das praktisch das einzige ist, was du machen kannst, wenn du auf Sweetsixteen bist und nicht in ihr Gästebuch schauen magst.

Genau, sagte, Roman, sie gehen auf Sweetsixteen, und da haben sie sich ihre eigenen Links eingerichtet. Nur schreiben sie das natürlich nicht drauf. Sagen wir, sie verabreden sich auf den Kreuzungspunkt vom X. Da kommt durch

Zufall kein Mensch dahinter, weil – das klickst du einfach nicht an als normaler Jesus-Freak-Seiten-Besucher.

Also gut, sagte ich, nicht daß ich verstehe, wie es geht, aber nehmen wir mal an, es ginge.

Klar geht das, sagte Roman.

Dann bist du also in einem unsichtbaren Forum. Und was machen sie da?

Keine Ahnung, sagte Roman, aber im Grunde können sie alles in so einem Forum machen.

Kommt mir vor wie in »Fünf Freunde«, sagte ich, aber Roman war in Japan gewesen und kannte die »Fünf Freunde« nicht; er fand es großartig, als ich ihm erzählte, daß die »Fünf Freunde« eine Buchreihe über eine Jugendbande war, die rasante Abenteuer erlebte, Verbrecherjagden und so kolportagemäßiges Zeug, weshalb die Lektüre dieser Bücher von Eltern und Lehrern früher nicht besonders gern gesehen war.

Wow, sagte er entzückt, echte Zensur?

Na ja, sagte ich, eher so pädagogisch.

Und um ihm eine Freude zu machen, sagte ich, wirklich verboten war eigentlich nur Pippi Langstrumpf.

*

Plötzlich war ihr Logo überall. Ich sah es zuerst auf Joshas Rucksack. Bei ihm war es ein Skateboardfahrer. Daß es auch eine Sechzehn war, erkannte ich auf den ersten Blick nicht.

Dann tauchte die Sechzehn als Graffiti auf Hauswänden und U-Bahnen auf, an Haltestellen, auf Abfalleimern, es war eine wandlungsfähige Sechzehn, mal fuhr sie Einrad, mal sprang sie über Dächer, sie surfte, sie war abstrakt und verspielt, und sie war sehr leicht zu zeichnen.

Sweet Sixteen war eine Bewegung geworden.

Ihre Sympathisanten nannten sie Meksomanie. Die Polizei ging davon aus, daß die Grauzone der Sympathisanten sich weit über die davon befallene Altersgruppe hinaus erstreckte, und befürchtete das Schlimmste.

Bisher hatten sie nichts Illegales begangen, wenn man davon absieht, daß sie die Schulpflicht verletzten, was im übrigen ein paar tausend Jugendliche jeden Tag tun, ohne daß viel dagegen zu machen wäre.

In Nürnberg und anderswo wurde die Polizei verstärkt dazu angehalten, während der Schulzeiten Orte aufzusuchen, an denen sich notorische Schulschwänzer aufhalten: Elektronik-Abteilungen der Kaufhäuser, Parks und Plattenläden, und die Personalausweise der jungen Leute zu überprüfen, die sich dort herumtreiben. Das Ergebnis war negativ. Negativ für die Schulschwänzer, die mit Polizeieskorte dem Unterrichtsgeschehen zugeführt wurden, dem sie in der nächsten Pause allerdings wieder entkamen, aber negativ vor allem deshalb, weil kein einziger der verschwundenen Jugendlichen auf die Art aufgegriffen werden konnte.

*

Es war Wochenende, und es regnete. Saskia hatte Besuch. Gegen fünf Uhr am Nachmittag schickte sie mir ein SMS, ob ich Lust hätte, mit ihnen ein paar DVDs anzusehen, die Josha mitgebracht hatte. Warum nicht, dachte ich, holte beim China-Imbiß das traditionelle Fernsehsortiment an Dim Sum und war gespannt auf Joshas Filme.

Kennst du Fight Club, sagte Josha.

Alles, was du hast, hat irgendwann dich, sagte ich und hatte das Gefühl, meine Eintrittskarte redlich erworben zu haben.

Wir sind der singende, tanzende Abschaum der Welt, sagte Josha gutmütig, und wir sahen uns Fight Club an und aßen Dim Sum, die allerdings besser hätten sein können.

Saskia kannte den Film nicht und zuckte, als Josha mit künstlich tiefer Stimme den Text streckenweise mitsprach. Er kannte ihn auswendig, vom Ikea-Nestbautrieb und Mikrowellen-Cordon-Bleu bis zum allerletzten Satz.

Weibertitten, weil er zu viel Testosteron drin hatte, erklärte er seiner Schwester, bevor die Synchronstimme von Edward Norton soweit war.

Saskia sagte, ist das nicht Meat Loaf?

Und wie, sagte er.

Marla Singer ist ein bißchen überflüssig für den Film, stellte er fest, als sie auftauchte, aber dann sagte er begeistert, hört euch das an: Chloe war die lächelnde Ausgabe von

Meryl Streeps Gerippe, das auf Partys rumlief. Sie brauchen Marla bloß für die Bumsarien und das Sportficken, ohne das scheint's nicht zu gehen.

Ich bin ja nicht dein Erziehungsberechtigter, sagte Saskia, aber ich weiß nicht. Josha sagte, kein Kommentar.

Glaubst du, das stimmt, fragte er mich, daß Benzin und gefrorenes O-Saft-Konzentrat Napalm ergibt?

Eher nicht, sagte ich.

Aber daß man mit simplen Haushaltsmitteln diverse Sprengstoffe zusammenmixen kann, das stimmt, stellte er klar.

Ich dachte an meinen Chemiebaukasten und sagte, sieht ganz so aus.

Und im Ton erbarmungslosen Spotts karikierte er den Kommentar, nachdem die Wohnung von Norton explodiert und die Straße voller Trümmer ist: Wie peinlich, alles voller Gewürze und nichts zu essen im Haus.

Ich hatte das Gefühl, daß er den Film verstand. Es war ein blödes Gefühl.

Es erinnerte mich daran, daß ich in seinem Alter den »letzten Tango« gesehen hatte. Alle sahen den letzten Tango. Natürlich war es verboten, den letzten Tango zu sehen, wenn man unter Achtzehn war, und natürlich mußtest du den letzten Tango unbedingt mit Fünfzehn sehen, weil es da knallverboten war.

Ich sagte, hast du »Fight Club« im Kino gesehen?

Download, sagte Josha, jäger- und sammlertechnisch.

Der Kaffee ist umsonst, und es ist billiger als Kino. Jetzt kommt die Stelle, wo er ins Essen pißt, und er stellte seine Stimme auf sehr tief: Er war der Guerillaterrorist der Gastronomieszene. Er rotzte auf geschmorten Sellerie. Stark, was.

Seine Schwester war still geworden und unternahm erst wieder einen vorsichtigen Anlauf, als Josha ihr erklärte: Ich war ein dreißigjähriges Milchgesicht. Wir waren die Generation, die von Frauen großgezogen wurden, und ich frag mich, ob 'ne Frau die Antwort auf unsere Fragen ist.

Sie räusperte sich.

Josha reagierte nicht.

Sie räusperte sich immer noch.

Hör doch mal auf, sagte Josha. Scheiße, ich hab das wieder nicht gehört, mit was er seine Bude in die Luft gesprengt hat. Ich kann's mir einfach nicht merken. Halt mal an und geh zurück auf die Stelle.

Ich sagte, irgendwas mit Ammonium Oxalat und Salpeter.

Okay, sagte er.

Im Film waren sie soeben dabei, den ersten Kampfclub zu gründen.

Regel Nummer eins, sagte ich, um vor einem Fünfzehnjährigen anzugeben: Ihr verliert kein Wort über den Fight Club.

Regel Nummer zwei, sagte er, und Saskia sagte, ein ziemlicher Macho-Film, oder? Sie haben es nicht so mit Frauen.

Wir fingen an, die Dinge anders zu sehen, antwortete

Josha und erklärte: Ich lehne die Grundübereinkuft des Gemeinwesens ab.

Nämlich, sagte Saskia.

Das kommt erst, sagte Josha, aber es ist ja wohl klar, was sie ablehnen.

Ich sagte zu Saskia, Besitz, Eigentum, und Josha sagte: Der Befreier, der mein Eigentum zerstört hat, hat mein Weltbild umgekrempelt. Kommt aber erst etwas später. Erst kommt das Sportficken, nachdem Marla die Tabletten geschluckt hat. Nicht so 'n richtiges Selbstmordding, sagte er, und es klang, als wollte er Saskia damit beruhigen. Bloß wieder so 'ne Hilferufgeschichte.

Seife sagte er, als Brad Pitt und Norton über den Zaun kletterten, jetzt guck dir mal an, wie sie Seife machen.

Ekelhaft, sagte Saskia inbrünstig, als der Plastikbeutel mit dem abgesaugten Fett am Stacheldraht riß, ich muß mal.

Ach komm, sagte Josha, ist doch bester Biomüll. Du mußt es andersrum sehen, wir verkauften reichen Weibern ihre fetten Ärsche zurück.

Ich dachte kurz daran, daß Joshas Mutter irgendwo im Wellnessbereich unterwegs und sein Vater nach Joshas Aussagen jenseits waren.

Wir hatten Marlon Brando.

Sie haben Edward Norton und Brad Pitt.

Offenbar sind sie umgeben von komischen Halbtoten.

Unsere Depression ist das Leben.

Unsere Väter haben sich verpißt.

Wir sind Männer ohne Zweck und Ziel, sagte Josha jetzt. Wir sind kurz, ganz kurz vorm Ausrasten.

Jetzt kommt die Stelle, wo er brutal was einsteckt, erklärte er Saskia.

Saskia sagte, ich könnte den Rest des Films auf dem Klo abwarten. Sagt mir, wann ich wieder hingucken kann. Gott, wie der lacht. Klingt absolut barbarisch.

Guck schon hin, sagte Josha.

Saskia sagte, ich kann's nicht haben, wenn sie sich die Fresse zermatschen.

Aber Josha beschwichtigte sie: Unter und hinter und in allem, was der Mensch für selbstverständlich gehalten hatte, lauerte etwas Grauenvolles.

Sehr beruhigend zu wissen, sagte seine Schwester.

Hast du das gesehen, fragte Josha mich, und ich sagte, was?

Den Zeitungsartikel, sagte er.

Bißchen zu schnell zum Lesen, sagte ich, und er half mir auf die Sprünge: Erst kriegen sie von Tyler Hausaufgaben, also daß sie mit völlig Fremden Prügeleien anfangen sollen, und dann siehst du das Plakat mit dem umgedrehten Werbespruch, und gleich danach die Zeitungsausschnitte. Da steht in der Zeitung, was sie gemacht haben. Zum Beispiel »Missing Monkeys Found Shaved«. Witzig, oder?

Schon, sagte ich, aber Saskia sagte, na ja.

Er erschießt ihn wirklich, sagte sie, als Brad Pitt später mit den Menschenopfern anfängt und die Pistole auf den armen Raymond hält, der in einem Schnellimbiß jobbt.

Quatsch, sagte Josha. Kapierst du's nicht. Der will bloß, daß der endlich anfängt, ernst zu machen. Das ist die Chance. Wenn du nicht in sechs Wochen im Begriff bist, Tierarzt zu werden, wirst du sterben, sagte er. Lauf, Forest, lauf. Das ist aus »Forest Gump«, erklärte er. Tom Hanks. Vietnam-Veteran.

Saskia entschuldigte sich: Es ist ja nicht so, daß ich gar keine Filme gesehen hätte.

Jetzt fangen sie an, die Leute für ihre Army zu rekrutieren, sagte Josha. Wenn der Aspirant zu alt ist, sagt ihm, er ist zu alt.

Der arme Meat Loaf, sagte Saskia.

Du bist zu fett, alter Mann, sagte Josha. Deine Titten sind zu groß. Verpiß dich von meiner Veranda. Aber sie lassen ihn dann doch rein. Pech. Sein Pech. Wir sind allesamt Teil desselben Komposthaufens.

Wir sahen eine Weile schweigend auf den Bildschirm, dann fing Josha wieder an: Die Stelle ist groß, sagte er, paß auf. Ich hatte Lust, jedem Panda eine Kugel zwischen die Augen zu schicken, der zu faul war zu ficken, um seine Art zu erhalten.

Josha, bitte, sagte Saskia. Es klang halb vorwurfsvoll und halb hilflos.

Auf den Nullpunkt kommen, ist kein Urlaub, kein verdammtes Wochenendseminar, knurrte er pathetisch.

Und was ist dann, nach dem Nullpunkt, fragte sie.

Wirst du schon hören, sagte Josha. Erst kommt die Operation Kaffeesturm, wo sie Bob erschießen.

Meat Loaf, sagte Saskia.

Genau den, sagte Josha. Nach dem Tod hat man einen Namen beim Projekt Chaos.

Ziemlich fascho, der ganze Verein, sagte Saskia.

Und das bloß dafür, daß sie hinterher, wenn sie alles kaputtgekriegt haben, auf dem Superhighway Mais stampfen und Tierhäute trocknen wollen.

Ist kein Geld im Spiel, zitierte Josha aus der Kellerszene mit Lou. Freier Eintritt für alle. Deshalb jagen sie auch die Zentrale Kreditstelle und die Schuldenerfassungsstelle hoch.

Kommt erst ziemlich spät raus, was sie vorhaben, sagte Saskia, und Josha sagte, den Film mußt du eigentlich ein paarmal sehen. Einmal reicht bei dem nicht.

Plötzlich sagte Saskia, Edward Norton IST Tyler Durden.

Das nennt man Rollenwechsel, sagte Josha, der Film geht nahtlos weiter, und die Zuschauer merken nicht das geringste.

Schizo, sagte Saskia.

Rückblendenhumor, sagte Josha. Übernimm endlich Verantwortung, Ikea-Boy.

Ich rannte, bis durch meine Venen Batteriesäure schoß.

Und dann seufzte er, während auf dem Bildschirm die Hochhäuser in die Luft gingen: Du hast mich in einer seltsamen Phase meines Lebens getroffen.

Saskia sagte, teuflisch, als zum Schluß alles hochging.

Josha sagte, hirnhammermäßig.

Ich sagte, einigermaßen, aber mußte es ausgerechnet Brad Pitt sein, und Josha sagte, okay, es ist Hollywood, aber für Hollywood gar nicht so übel.

Anschließend sahen wir die »Twelve Monkeys«, und Josha sagte, ist schon ein bißchen älter, aber ich find ihn immer noch gut.

Saskia sagte, wann hast du das zum ersten Mal gesehen?

Paar Jahre her, sagte Josha.

Saskia sagte, nur daß es mal einer sagt: Da steht groß vorne drin, die Filme sind erst ab achtzehn. Nicht daß ich Ärger mit deiner Mutter kriege.

Josha sah sie kurz an. Ich hätte geschworen, in seinem Blick lag so etwas wie Erbarmen.

Ach die, sagte er. Die haben doch keine Ahnung.

Meinst du mit DIE deine Mutter oder so ganz allgemein Menschen jenseits der Sechzehn, fragte Saskia, bekam aber keine Antwort.

Er packte »Kill Bill« aus.

Saskia stöhnte und sagte, muß das sein.

Josha lachte und sagte, purer Sadismus. Der Film zum Rückwärtsessen.

Den hatten wir heute schon, sagte Saskia, also dann. So gut sind die Dim Sum nicht gewesen.

*

Die Frage, ob die eine Ahnung hätten oder nicht, wurde angesichts des enormen Zulaufs von Sweet Sixteen in den kommenden Wochen immer dringlicher. Expertenrunden wurden zusammengetrommelt, die sich mit dem Verhältnis der heutigen Eltern zu ihren heutigen Kindern befaßten und es als besorgniserregend gleichgültig und liberal oder erfreulich wenig autoritär und im großen und ganzen vertrauensvoll beurteilten, es wurden Umfragen gestartet mit dem Titel »Was wissen wir wirklich von unseren Kindern?«, und die Veröffentlichung der Umfrageergebnisse ergab, daß Eltern nicht nur miteinander im Durchschnitt fünf Minuten täglich sprechen, sondern mit ihren Kindern auch, wobei sich eine leise Abweichung zwischen den verschiedenen Bildungsschichten zeigte, indem, wie das Ministerium für Bildung und Erziehung kommentierte, Familien aus eher bildungsfernen Schichten die Kommunikation mit den Kindern gelegentlich gegen drei Minuten hin reduzierten, es dagegen in den sogenannten gebildeten Familien auch schon einmal sechs oder sieben Minuten werden könnten, alles in allem aber, so die Ministerin, sei das Ergebnis keinesfalls zufriedenstellend, und man werde demnächst einen Ausschuß zu der Frage der häuslichen Umgangsformen in Familien beantragen.

Conny Hanssen tauchte im Fernsehen auf und protestierte. Wenigstens eine halbe Stunde werde bei ihr am Abendbrottisch miteinander gesprochen, und dennoch sei Justus verschwunden, Datenschützer tauchten auf und befürchteten eine Verletzung der Privatsphäre und grundgesetzwidrige Diskriminierung der Lebensform Familie gegenüber Alleinstehenden, die keinerlei Kontrolle ihrer vier Wände zu befürchten hätten; das Ministerium dementierte jegliche etwaige Absicht, gegen den Willen von Familien deren Intimsphäre antasten zu wollen, und verwies im übrigen das Problem in die Sozialausschüsse.

Demographen wanderten über die Bildschirme und wiegten besorgt ihre Köpfe, weil sie seit Jahren vor den verheerenden wirtschaftlichen Folgen einer schwerwiegenden Verschiebung der Altersgruppen in der Bevölkerung gewarnt hatten, die sich indessen bedeutend verschärfen könnten, wenn – so die Formulierung – die Reaktion der jungen Leute auf den Geburtenrückgang und die Kinderfeindlichkeit unseres Landes bis zum heutigen Tag darin bestünde, daß sie sich aus der Verantwortung gegenüber Staat und Gesellschaft davonmachten und damit der rasanten Alterung eben dieser Gesellschaft, die schließlich auch ihre sei, weiteren dramatischen Vorschub leisteten. Die Rede war, nicht nur in der Boulevardpresse, von einem neuen »Krieg der Generationen«, der »Aufkündigung des Generationenvertrags«, und dieses Wort nun war es, das eine erneute Publikation der Jugendlichen hervorrief.

Es wird einige Leute schocken, fing sie an, aber mehr können wir für sie leider nicht tun, als ihnen ein bißchen auf die Sprünge zu helfen. Von Vertrag zwischen uns und ihnen kann keinstens die Rede sein. Erstens hat den keiner unterschrieben, und zweitens sind wir, falls es noch keiner gemerkt hat, aus dem gesamten Saftladen ausgetreten und kümmern uns um uns selbst.

Unterschrieben war die kurze Internetbotschaft mit der selbstbewußten Formel »Vive la Meksomanie«, die wegen ihrer Anspielung auf die Französische Revolution von 1789 die Behörden und Bürger beunruhigte.
 Eben diese Anspielung rief aber auch andere auf den Plan.

*

Kurt Kutsch, genannt Kukutsch, ist ein Träumer, ein sehr alter Träumer, aber einer, den das letzte Jahrhundert vergessen hat abzuräumen, weshalb er in diesem Jahrhundert einen jener sonderbaren Plätze als Kuriosität zugeteilt bekommen hat, die die Welt den Leuten einräumt, denen sie fünfzig Jahre lang mit Nachdruck versichert hat, daß es sie eigentlich gar nicht gibt. Wenn es sie und ihre Ideen anschließend immer noch gibt, läßt man sie – normalerweise – in Ruhe. Seinen Laden führt inzwischen seine Tochter, die sich mit Crossmarketing und E-Business auskennt, er selbst erzählt gelegentlich von den Jahren des Jazz nach dem Krieg, von Menschen, die auf mechanischen Reiseschreibmaschinen über ihre Zeit nachdachten, überhaupt erzählt er gern vom Nachdenken und Geschichtenerzählen und ist neugierig, wenn er irgendwo eine Geschichte wittert.

Als seine Kinder klein waren, hatte er einiges Aufsehen erregt mit ein paar Kinderbüchern und -liedern, die alles andere als pädagogisch korrekt waren und vor allem deshalb bekannt wurden, weil sich diverse Staatsanwaltschaften dafür interessierten; sogar Josha pfeift manchmal noch ein paar seiner Lieder, er kennt sie von Saskias alten Vinyl-Langspielplatten, die er zum Geburtstag geschenkt bekommen hatte, als er fünf wurde.

Des weiteren hatte Kukutsch die Aufmerksamkeit zweier damaliger Innensenatoren auf sich gezogen, als er öffentlich vor der allseits drohenden und in naher Zukunft absehbaren Vollverblödung durch, wie es damals hieß, hysterischen Konsumismus gewarnt hatte. Die Folge dieser wirtschafts- und konjunkturschädigenden Aussagen war, daß über einen recht langen Zeitraum vor seinem Haus wechselnde Pkws der Marke VW Käfer und Opel Kadett stationiert und in seinen Wohn- und Büroräumen verschiedene Abhörmodelle installiert und sodann erprobt wurden.

Es wurden von etlichen Seiten her Klagen gegen ihn erhoben, die in zwei oder drei Fällen zu empfindlichen Verurteilungen führten und ihn mehrfach an den Rand des Ruins brachten, überwiegend aber mit Freispruch endeten.

Kukutsch war ein bekennender Anhänger der Französischen Revolution und wurde zu der Zeit, als seine Rechtsangelegenheiten durch die Medien gingen, gelegentlich auch als der »letzte Jakobiner« bezeichnet.

Kukutsch also staunte nicht schlecht, als er eines Sonntag morgens die Zeitung aufschlug und las, daß er persönlich schuld habe am massenhaften Verschwinden junger Menschen.

Der Journalist, der dies ausgemacht hatte, gehörte zur Redaktion Politik und Gesellschaft einer seriösen überregionalen Zeitung. Er selbst war ein begabter und ehrgeiziger junger Mensch und als solcher ein häufiger Gast verschiedener landesweit wichtiger Events und den dazugehörigen kalten Büffets, daher galt er als äußerst beschlagen in der Evaluierung dessen, was in den sogenannten denkenden Kreisen gerade angesagt war.

Der Chefredakteur sah seine Art der Recherche mit einer Mischung aus Abscheu und Bewunderung; bekanntgeworden war ein Satz, den er bei einem privaten Abendessen mit Freunden gesagt haben soll: Dieser X, so war also kolportiert, dieser X, das muß man ihm lassen, nimmt jeden Scheiß quasi osmotisch auf.

*

Ich las den Artikel im Café Regenbogen, in dem ich an Regensonntagen gern frühstücke.

Er war brillant. Ausgehend von seinen eigenen Erfahrungen als Kind liberaler Eltern beschrieb der junge Mann das Leiden einer ganzen Generation, die schwerste seelische Schäden erlitten habe, indem man sie, natürlich nicht mit physischer Gewalt, wohl aber mit Methoden, die an Gehirnwäsche grenzten, dazu gewungen habe, sogenannte fortschrittliche oder gar freiheitliche Ansichten zu entwickeln, Ansichten allerdings, die bei näherem Hinsehen indes weder fortschrittlich noch freiheitlich gewesen seien, sondern – ebenso wie das gesamte, zum Glück inzwischen abgeschlossene und überwundene Jahrhundert – nichts anderes als propagandistische Denkhülsen und überflüssige Utopien. Eine ganze Generation war gewissermaßen einer Zwangsaufklärung unterzogen worden, die sich zu ihrer besseren Wirksamkeit schon bei Kleinkindern brutaler medialer Praktiken bedient hätte, und dazu habe vor allem das Anhören und Absingen der Kukutsch-Lieder gehört, mit denen man bereits im Vorschulalter gegen die Schule, ja sogar gegen die eigenen Eltern aufgehetzt wurde. Die Eltern selbst, so erinnerte sich der Mann, haben ihn andauernd mit der Aufforderung gequält, sie zu kritisieren beziehungsweise ihnen gegenüber nein zu sagen. Die andauernde Neinsagerei, ja, die grundsätzliche mentale und moralische Verpflichtung zum nein war, so der junge Journalist, seine gesamte Kindheit über die einzige Möglichkeit gewesen, die für jedes Kind unersetzliche elterliche Liebe zu gewinnen, und um dieser Liebe willen habe sich nicht nur er, sondern seine gesamte Generation bis zum Eintritt ins Erwachsenenleben dem rituellen Neinsagen und der Einübung ins Dawiderhandeln unterzogen, abstoßenden Obszönitäten sowie aktionistischen Irrtümern mit oder ohne Lichterketten. Während dieser langen Zeit der Manipulation gegen jegliche im Grunde doch Halt gebende und also anerkennenswerte Autorität und vor allem gegen den Staat, habe sich bei einigen, die der Gleichmacherei durch Zwangsindividualisierung widerstanden haben, der unerfüllte Wunsch nach dem Ja erhalten und manchmal nur mühsam verbergen lassen. Dieser Wunsch sei erst später erfüllbar gewesen, nachdem die Macht der Elterngeneration bei der Gestaltung der eigenen Biographie hinterfragt und als gewalttätiger, bisweilen faschistoider Freiheitsterrorismus entlarvt werden konnte.

Zu den Leithammeln der zerstörerischen Lehre gehöre einwandfrei Kurt Kutsch, der zu jener Zeit arbeitswillige junge Menschen, Schüler oder Auszubildende, dazu angestiftet habe, die Anweisungen ihrer Lehrer bzw. Lehrherren eigenmächtig darauf zu überprüfen, ob sie überhaupt – hier hatte den Journalisten offenbar beim Schreiben die Wut gepackt und er hatte das Folgende in Großbuchstaben gesetzt – SINN hätten, gerade so, als sei es nicht die Aufgabe der Lehrer bzw. Lehrherren, eben diesen Sinn den Auszubildenden erst zu vermitteln und folglich die Aufgabe der Auszubildenden, den vom Ausbilder vermittelten Sinn anzunehmen.

Ich bestellte einen zweiten Latte Macchiato und war gespannt, wie er auf die verschwundenen Kids kommen würde. Um mich herum saßen überwiegend Studenten, einige Doppelpaare, eine Gruppe war offensichtlich zum

Arbeiten gekommen und schaute gebannt auf den Laptop in ihrer Mitte, das Sonntagsvormittagsgeschehen ging friedlich vonstatten, der Regen pladderte friedlich gegen die Scheiben, und ich wendete mich wieder dem Blatt zu, in dem der Krieg der Generationen tobte, angefacht von einem jungen Mann, der, anstatt von besseren Welten zu träumen, was er besonders der Generation Kukutsch vorwarf, angekommen war in dieser zwar nicht besten aller Welten, wohl aber einer besseren, zu der man angesichts ihrer Vielfältigkeit getrost stehen solle, ohne sich einstweilen darüber den Kopf zu zerbrechen, wozu man da sei. Gegebenenfalls würde man es schon erfahren und wäre dann bereit.

Nun sei aber, und hier machte der Artikel plötzlich die entscheidende Kehre, das Problem mit der heutigen Jugend insofern ein widersprüchliches, als die Generation Kukutsch zwar keine Macht mehr über die illusionslose Generation ihrer Kinder gewinnen könne, die es sich mit der Unterteilung der Welt in Gut und Böse nicht so leicht machten wie ihre Eltern, aber als Inhaber der entscheidenden gesellschaftlichen Stellen in Politik und Bildungswesen sei diese Generation gewissermaßen immer noch an der Macht und – bis sie mit dem Verzehr ihrer Rente begänne, einer Rente übrigens in einer Höhe, von der wir nur träumen können, so ein Seitenhieb des jungen Mannes – zur Verbreitung ihrer doktrinären und aufhetzerischen Schwarzweißmalereien befugt, da die meisten von ihnen aufgrund ihres ausgeprägten Sendungsbewußtseins soziale bzw. Lehrberufe ergriffen oder sich in Chefredaktionen eingenistet hätten, wo sie heute sozusagen an den entscheidenden Schaltstellen säßen und von dort aus – über die Köpfe der heute Dreißigjährigen hinweg – die nachkommende Generation infiltrierten mit der Frage, wozu sie da sei.

In unreifen Köpfen wiederum, die noch nicht in der Lage seien, das komplexe Geflecht der Welt zu erfassen und daher zu wissen, daß man sich angesichts der Anforderungen des Lebens und der wahrscheinlich ebenfalls komplexen Zukunft getrost den Zwergenaufstand schenken könne, zu dem sie aufgefordert werden, in unreifen Köpfen also könne eine solche Frage ihr Gift ungebremst entfalten, besonders, und hier wendete sich der Journalist wieder Kurt Kutsch und seiner Bedeutung für den augenblicklichen Zwergenaufstand zu, da die Vinyl-Schallplatten mit den terroristischen Kinderliedern zwar nicht mehr auf dem Markt seien, aber gerade die nicht mehr marktgängigen LPs seien der augenblickliche Hype der Jugendlichen. Auf Flohmärkten und im Internet wären LPs gerade wegen ihrer Seltenheit sehr begehrte Objekte und würden zu teuren Preisen gehandelt.

Die Folge sei, daß sich die Jugendlichen durch den Unterricht und das gemeinsame verschwörerische Anhören der Platten mit den Aufforderungen zum eindimensionalen Handeln einen Kick verschafften, der dem von Alkopops vergleichbar sein könne, und sich daraufhin aus der Gemeinschaft ausklinkten, untertauchten und durch ihr unverantwortliches Verhalten Gefahr liefen, als White Trash abseits des Wirtschafts- und Wertesystems zu versacken und nicht mehr ansprechbar für die Gesellschaft zu sein. Eine Existenz in der Gosse sei die anzunehmende Folge dieses Eskapismus-Revivals einer Kukutsch-Generation, die sich angesichts der von ihr angerichteten offenbaren Verwahrlosung der Jugend vermutlich auch noch die Hände riebe.

Das Problem bei solcher Art Journalismus ist nicht die an den kalten Büffets der Republik aufgeschnappte Brillanz, dachte ich, als ich den Artikel fertig gelesen hatte, aber irgendwo liegt ein Fehler. Was immer in den Köpfen der verschwundenen Kinder abgeht: Offenbar haben sie's nicht aus der Schule. Sonst würden sie weiter hingehen. Solche Kleinigkeiten können den ganzen Artikel verderben.

Seitens der abgetauchten Jugendlichen dachte man offenbar ähnlich: Dem Artikel folgte weder eine bestätigende Reaktion noch ein Dementi. Womöglich war es auch nicht die Zeitung, die sie lasen.

*

Während Kukutsch überlegte, ob und wie er auf die Fragen der Journalisten antworten solle, die vor seinem Haus campierten, dachten wir im Büro über die antiken Vinyl-Schallplatten nach, die Saskia ihrem kleinen Bruder vor Jahren zum Geburtstag geschenkt hatte.

Roman sagte, ich halte das durchaus für möglich.

Was, fragten Saskia und ich gleichzeitig, weil er ins Nachdenken so völlig versunken war, daß er vergessen hatte dazuzusagen, was er für möglich hielt.

Der Junge weiß vielleicht, was White Trash ist, sagte Roman, die schielen alle nach den USA, aber er hat keine Ahnung von den Otaku.

Also dann, sagte ich.

Roman sagte, ich war mal auf einem Komiketto.

Auf was warst du, sagte Saskia.

Auf einem Komiketto, so heißen ihre Märkte. Du denkst, du spinnst, wenn du so was siehst.

Also, sagte Saskia, aber Roman war dabei, sich das bildlich vorzustellen, was er da erlebt hatte.

Nach einer Weile sagte er, sie verkaufen da hauptsächlich Comics, es ist riesig, stellt euch das Messegelände vor. Es ist ein unglaublicher Markt, mengenweise Tische und irgendwie nach Themen sortiert, also Comics, Geschichten, Uniformen, Idole, Plastikfiguren, Tiere, Sport, Filme, Spiele, Fantasy, so ein Sammelsurium, wo du dich als normaler Mensch nicht auskennst, in einer Halle basteln sie sich Kostüme, verkleiden sich als irgendwelche Lieblings-Comics-Gestalten, dann fotografieren sie sich und tauschen ihre Fotos, es ist absolut außerirdisch, tausende Leute, und im übrigen alles sehr gesittet, aber es ist ihnen völlig egal, was es ist, sie sind aufs Spezialisieren spezialisiert und kein bißchen auf das, wofür sie sich spezialisieren. Du sagst zu einem Otaku, warum sammelst du ausgerechnet Fotos von englischen Kriegsschiffen in den fünfziger Jahren, und der guckt dich bloß an, und dann geht er weg. Voll autistisch.

Was will der Autor uns damit sagen, sagte Saskia, um die Sache abzukürzen.

Damit will ich sagen, vielleicht ist was dran, und sie sammeln alte Langspielplatten. Ich meine, nicht die in Japan, sondern die hier. Nur daß sie keine Otaku sind, sondern sie hören sich vielleicht an, was drauf ist, auf den Antiquitäten.

So so, sagte ich, ich habe zu Hause ein paar hundert von diesen Antiquitäten und versuche sie manchmal dazu zu bringen, daß sie sich vom CD-Player abspielen und anhören lassen, weil mein Plattenspieler auch schon ziemlich antik ist, und irgendwann war das Gummiband ausgeleiert. Du glaubst nicht, daß du so ein Gummiband irgendwo kriegst.

Roman sagte, wieso willst du so ein Gummiband, wenn du die ganze Maschine inzwischen für zehn, zwölf Euro kaufen kannst.

Das kann doch nicht wahr sein, sagte ich.

Ist dir was entgangen, sagte Saskia nachgiebig.

Ich sagte, ich hab damals dreihundert Mark bezahlt, und ich will keine neue für zehn, zwölf Euro. Ich will bloß das Gummi, und zwar für meine eigene alte Maschine.

Schon gut, sagte Saskia noch mal. Dann sagte sie: Könnt ihr euch an das Lied erinnern? Sie summte erst die Melodie und dann den Refrain – die Schule ist bescheuert, noch schlimmer ist's zu Haus, ich will raus, ich will raus, ich will einfach bloß noch raus.

Wie soll denn das zusammenpassen, sagte ich: Josha schaut sich Fight Club an und pfeift ein Kinderlied aus der Kukutsch-Epoche.

Im selben Moment merkte ich, daß es zusammenpaßte.

*

Josha fuhr in den Osterferien nicht mit seinen Eltern nach Ägypten – keine Lust. Er hing zuerst eine Woche mit Freunden zu Hause herum und kam dann mitsamt den beiden Katzen der Horstmanns, seiner XBox und seinem Laptop zu Saskia.

Die Zeitungen lieferten sich ausufernde Generationen-Schlachten, in denen die Kukutsch-Anhänger ihren Nachfolgern vorwarfen, die Früchte ihrer Verbesserung der Welt aufgefressen zu haben, ohne sich um künftige Ernten und Früchte überhaupt Gedanken zu machen, die Nachfolger schossen zurück, und die Debatte wurde nur kurz unterbrochen, als am Wochenende, bevor die Schulferien begannen, der Wintereinbruch kam.

Die Meteorologen hatten ihn längst vorausgesehen und die Autofahrer gewarnt. Zusätzlich zu den üblichen Osterstaus sollte es am Freitag zunächst im ganzen Land zu dem gefürchteten Vorkommnis des sogenannten Blitzeises kommen, dem am Samstag starke Schneefälle, ja, Schneestürme und -verwehungen folgen würden. Den Urlaubern wurde geraten, erst Montag oder Dienstag ihre Ferienreisen anzutreten, aber die Urlauber hatten, wie viele von ihnen in den entsprechenden Ratgebersendungen beteuerten, ihren Urlaub bereits seit Monaten nicht nur geplant, sondern fest gebucht und wollten ihn jetzt buchungsgemäß zum vorgesehenen Termin antreten.

Ihnen wurde geraten, die Reise nicht ohne Thermoskannen mit heißem Tee oder Brühe sowie ausreichenden Mengen warmer Decken zu unternehmen.

Da der Winter in den April fiel, hatten die meisten allerdings keine Winterreifen mehr drauf, sondern die vollkommen untauglichen Sommerreifen, und die Folge waren schreckliche Bilder von Massenkarambolagen, umgekippten Lastwagen, stunden- und hunderte von Kilometer langen Staus; die Busunglücke häuften sich am Ferienwochenende dramatisch, aber nicht nur auf den Straßen richtete das Unwetter Fürchterliches an; ersten Berichten am Sonntag zufolge starben besonders alte und besonders arme Menschen, denen gegen Ende der Heizperiode das Heizöl ausging oder die ganz ohne Obdach waren, und als am Montag der Orkan mit einer Sturmflut im Norden begann, sah man umgestürzte Bäume, abgedeckte Dächer, ohnmächtige Rettungskräfte, fassungslose Opfer, Menschen, die auf geschlossenen Flughäfen herumirrten und dort nächtigten, ein Jahrhundert-Ostern war zu erwarten, denn wenn man den Meteorologen auf allen Kanälen Glauben schenkte, würden sich die gewaltigen Niederschläge vom Ferienwochenende schon wenige Tage darauf durch das zu erwartende Tauwetter Mitte der Woche in reißende Wassermassen verwandeln, in den Alpen herrschte Lawinenwarnung, und dennoch kam es immer wieder zu vereinzelten Unfällen, weil die Warnungen nicht ernst genommen worden waren, die Überschwemmungen setzten Gründonnerstag ein, Flüsse traten über die Ufer, Keller liefen voll, Innenstädte standen unter Wasser, und die Medien sprachen von einem Schreckensszenario, das alles Dagewesene überträfe.

Zwei Wochen lang war der Generationen-Krieg raus aus der öffentlichen Debatte, die verschwundenen Jugendlichen waren kein Thema, obwohl sich einzelne Eltern hier und da meldeten und dringende Appelle an ihre untergetauchten Kinder schickten, sie mögen doch Schluß machen mit dem Unfug und nach Hause zurückkehren, wo sie sicherer seien bei dem Wetter als dort, wo sie sich vermutlich aufhielten.

Wo sie sich vermutlich aufhielten, wußte natürlich keiner.

*

Offizielle Zahlen gab es nicht, aber als Saskia vorsichtig fragte, ob Josha was von den Leuten wüßte, die abhauen würden, sagte Josha lakonisch, bei uns auf der Schule drei.

Jedenfalls vor den Ferien, mal sehen, wie viele es nachher sind.

Sie fragte nicht weiter, weil sie wußte, mehr würde er nicht sagen. In einer unbeobachteten Minute schaute sie ins Netz und sah, daß es laut Statistischem Bundesamt um die fünfzehntausend Schulen gibt, in denen Sechzehnjährige sitzen. Die Zahl der Lehrlinge und arbeitslosen Jugendlichen wollte sie danach gar nicht mehr wissen.

Am nächsten Tag sagte sie, Massenflucht. Kann man nicht anders sagen.

Roman sagte, Joshas Schule ist vielleicht gar nicht repräsentativ.

Ich meine ja nur, sagte Saskia. Habt ihr diesen Artikel gelesen, wo sie schreiben, daß die Leute ihre Häuser verkaufen, und dann ziehen sie mit Wohnmobilen durch die Welt oder wohnen in Wohnwagenanlagen. Manche von denen bloggen durchs Netz, was sie erleben. Sind sogar ganz Interessante dabei.

Klar, sagte Roman, Rentner in Kalifornien.

Saskia sagte, nein, die meine ich nicht.

Ich sagte, wartet mal. Heißen die nicht Zigeuner?

Ich fing mir einen Blick ein, der sagen wollte, daß sie mit ihrer Nachsicht demnächst an eine Grenze geriete, und sagte, fünfundvierzigtausend Jugendliche – klingt ziemlich viel, aber wenn man überlegt, so viele sind das auch wieder nicht. Ich habe vor ein paar Tagen gelesen, es stehen Millionen Wohnungen leer. Hunderttausend allein in Berlin.

Roman sagte, und gleich träumst du vom Wohnungsbesetzen.

Das war meine Schwester, sagte ich.

Ich möchte wissen, wie sie es machen, sagte Saskia.

Roman sagte, im Grunde ganz einfach: kleine bis Kleinstzellen, vielleicht überhaupt einzeln, hightech-elektronisch voll drauf, hier und da schwarz jobben. Im Netz kannst du alles lernen. Von der Regenwurmzucht bis zum Geigenbau.

Und schnell müssen sie sein, sagte ich.

Da kommt eine Mischung aus Otaku und Le Parkour oder Skate bei raus, sagte Saskia. Also Josha. Apropos Josha: Weiß einer von euch, was Natto ist?

Ich sagte, auch wenn ihr mich jetzt für bescheuert haltet: Es gab eine Zeit, da kannte Herr A in Ingolstadt eine Menge X an Wörtern, und eine beliebige Frau B aus Ibbenbüren kannte ungefähr die Menge X an Wörtern auch, ein paar mehr, ein paar weniger, aber im großen und ganzen dieselbe Menge X.

Und was haben die damit gemacht, sagte Saskia?

Roman sagte, Natto sind Sojabohnen. Vergoren. Essen sie in Japan zum Frühstück.

Also darum, sagte Saskia und erzählte, daß Josha sich das Wort Natto unter das Sechzehnerlogo auf seinem Rucksack geschrieben hätte.

Roman sagte, man glaubt nicht, wie das Zeug stinkt.

Warum essen sie es dann, sagte ich.

Es ist genau so wie mit den Durian, sagte Roman. Die

stinken so füchterlich, daß du sie nicht in Hotels oder öffentlichen Verkehrsmitteln dabeihaben darfst. Hast du schon mal eine Durian gegessen?

Ich hab noch nicht mal von einer Durian gehört, sagte ich.

Muß phantastisch schmecken, sagte er.

*

Ein Parkhaus in der Innenstadt von Osnabrück war der erste Fall. Der wachhabende Angestellte hatte am späten Vormittag zunächst versucht, auf eigene Faust beziehungsweise eigene Nase herauszufinden, was da so stank. Pestilenzmäßig, sagte er anschließend, als er die Polizei anrief.

Binnen kürzester Zeit war das gesamte Parkhaus voll mit einem bestialischen Geruch, er habe so etwas nur ein einziges Mal in seinem Leben gerochen, sagte er den beiden Beamten, die kurz darauf eintrafen, und das war nämlich am Fährhafen von Hirtshals, als er damals…, aber die Polizisten hörten nicht zu.

Sie können sich das nicht vorstellen, sagte er überflüssigerweise noch, aber der leitende Beamte sagte, ich brauche mir das nicht vorzustellen, hielt sich ein Tempotaschentuch vor die Nase und begann, den Tatort zu untersuchen.

Da muß ein Spezialteam ran, beschloß er kurz darauf, bat den Parkhauswächter um die Videobänder aus den Überwachungskameras, und die zwei rückten zügig ab.

Der Wachmann telefonierte kurz, holte im Anschluß daran ein gelbes Schild aus dem Kabäuschen hinter seinem Arbeitsplatz und postierte es vor der Einfahrt des Parkhauses, das nun wegen Reparaturarbeiten geschlossen war.

Das Spezialteam war noch im Einsatz und kam erst am Nachmittag an.

Das Parkhaus war zu dem Zeitpunkt schon von weitem zu riechen. Leute liefen mit zugehaltenen Nasen eilig durch die Straße, um möglichst rasch die geruchsfreie Innenstadtzone zu erreichen.

Das Wachpersonal hatte Schichtwechsel gehabt, inzwischen war eine junge Russin im Büro und den Tränen nah.

Fisch, sagte sie, sehr sehr Fisch.

Die Spezialisten machten sich an die Arbeit.

Fast zeitgleich wurden ähnliche Geruchsattentate auf ein Kaufhaus in Mannheim, ein Hamburger-Schnellrestaurant in Bremen, das Hauptpostamt in Erfurt und ein Großkino am Potsdamer Platz in Berlin gemeldet. Bei mehreren betroffenen Personen traten Übelkeit und Erbrechen auf, sie wurden vorsorglich in Krankenhäuser eingewiesen, wo man die Sache allerdings nicht als schwerwiegend betrachtete.

Was wird schon sein, hatte einer der Ärzte zu einer Patientin gesagt, die sich über die lange Wartezeit beklagt hatte. Schlimmstenfalls kotzen Sie sich die Seele aus dem Leib.

Das Kaufhaus, die Hamburger-Kette sowie das Großkino verlangten Schadensersatz, weil ihnen die Kunden weggeblieben waren, während das Hauptpostamt gegen Mittag geschlossen und die Angestellten in einen freien Nachmittag geschickt worden waren.

Der Nachrichtensprecher sagte am Abend, bei den Anschlägen seien mit einiger Gewißheit keine gesundheitsschädlichen Substanzen oder Chemikalien im Spiel gewesen. Die Polizei vermute, daß es sich bei den Tätern um Jugendliche handele.

Ich ging anschließend noch mal an die Luft. Sie kündigte den arg verspäteten Frühling an, und unterwegs bekam ich Lust, bei Roman und Gila vorbeizuschauen.

Irgendwann hat das aufgehört, dachte ich, daß man einfach so bei jemand vorbeischauen konnte. Andererseits hätte ich nicht gewußt, ob es mir selbst recht wäre, wenn jemand bei mir einfach so vorbeischauen würde. Trotzdem war es oft nett gewesen, bei Leuten vorbeizuschauen, sie in ihren unaufgeräumten Wohnungen anzutreffen oder beim Bügeln oder mit anderen Leuten in irgendwelche Dispute darüber vertieft, ob man wählen soll oder heiraten oder auswandern, oder was das für Gespräche waren.

Sie hatten den Anrufbeantworter an, aber als ich sagte, daß ich auf dem halben Weg sei, ging Gila ran.

Okay, sagte sie, warum nicht. Ich komm hier sowieso bis auf weiteres nicht mehr raus.

Gila machte die Tür auf. Sie war blaß und übernächtigt.

Moment, sagte sie, geh schon mal vor, dann verschwand sie im Schlafzimmer. Roman saß am Tisch und bastelte.

Was soll das werden, sagte ich.

Schon mal von RFDump gehört, sagte er.

Vage, sagte ich, aber dafür die Nachrichten gesehen.

Ich erzählte ihm von den Geruchsattentaten, während er an einer kleinen Platine herumlötete.

Haben sie in den Nachrichten gesagt, wie sie es gemacht haben, fragte er.

Die sind doch nicht blöd, sagte ich.

Im Grunde ganz einfach, sagte Roman, du brauchst bloß Sardellen in die Lüftungsschlitze zu tun, oder du stopfst sie in den Auspuff. Mußt nur aufpassen, daß der Motor noch anspringt. Am besten geht es, wenn du die dicken Karren damit belädst, die zwei Auspuffs haben. Heißt es Auspuffs oder Auspuffe?

Ich sagte, die haben doch Überwachungskameras überall.

Das kriegen die gar nicht mit, sagte Roman, das sind nur ganz kleine Bewegungen, und die sind schnell. Hab dann noch eine Mütze auf, und dich erkennt so leicht keiner.

Im Nebenzimmer sang Gila leise Schlaflieder, zwischendurch hustete der Kleine. Nach einer Weile kam sie mitsamt dem Kind rüber und sagte, ich geb's auf.

Was hat er denn, sagte ich.

Pseudokrupp, sagte sie, irgendwann soll's aufhören, sagt die Kinderärztin, bloß ich frag mich, wann das sein soll, dieses Irgendwann.

Das Kind auf dem Arm, ging sie in die Küche und setzte Teewasser auf.

Der Witz ist die Einfachüberlagerung mit Diodendetektor. Die Leiterbahnschleife, sagte Roman und zeigte mit dem kleinen Schraubenzieher auf die Lötstelle, ist gleichzeitig Antenne und Spule für den Eingangsschwingkreis.

Oh, sagte ich. Ja dann.

Roman sagte, ich frage mich nur, wie ich die Trennschärfe hinkriege.

Und wenn du sie hinkriegst, sagte ich. Was machst du dann?

Dann kann ich jedes RFID auf mittlere Distanz entdecken. Ist noch nicht RFDump, aber immerhin schon etwas.

Er betrachtete die Platine, die so klein war, daß sie in eine Abendhandtasche passen würde, und sagte, ich hab's. Keramisch.

Was heißt keramisch, sagte ich.

Mit einem Keramik-Filter könnte ich es trennscharf machen. Vielleicht. Augenblick mal, sagte er, ich seh mal was nach.

Gila kam mit dem Tee und sagte, weißer Tee, schmeckt ein bißchen nach Aprikose.

Ich nutzte Romans Abwesenheit und sagte, was heißt das noch mal genau, RFID?

Sie wandte sich zu ihrem Kind. Papas neuestes Lieblingsspielzeug, sagte sie, und zu mir: Radio Frequency Identification.

Ich sagte, hatte ich gerade vergessen.

Das sind die Chips, die sie den Skifahrern in die Montur einbauen, damit sie sie finden können, falls sie von einer Lawine verschüttet werden, sagte Gila.

Roman kam wieder rein und sagte, die LED dürfte stärker leuchten. Müßte sich machen lassen.

Und als ob ich auch nur ein Wort verstehen würde, erklärte er mir, du mußt den R10 auf 220 Ohm runterbringen, dann steigt die Stromaufnahme, sonst kann es dir passieren, daß es zu schwach blinkt, und dann kannst du bei Tageslicht nicht sehen, ob es überhaupt blinkt.

Gila hatte den Kleinen auf dem Schoß und klapperte leise mit einer Rassel, aber der interessierte sich nicht für die Rassel, sondern für die Platine. Er quengelte und wollte zu Roman, aber Roman sagte, das kriegst du jetzt noch nicht. Das kriegst du erst, wenn du mal in den Kindergarten kommst.

Zu mir sagte er, hast du den Bericht gesehen von der Schule in Kalifornien?

Ich sagte, das letzte, was ich von Kalifornien gehört habe, ist, daß die Rentner mit ihren Wohnwagen von dort aus ihre Reisetagebücher bloggen. Hat Saskia erzählt, oder?

Roman sagte, sie haben da einen Test laufen. Die Japaner haben das auch schon gemacht, schon vor ein paar Jahren.

Sie bauen jedem Schüler diese RFID-Chips ein, und an der Schultür ist der Apparat. Da werden sie eingelesen.

Ich sagte, na bravo.

Ich hatte den Bericht nicht gesehen.

Du kannst nicht fünfzig Sender auf einmal sehen, sagte ich.

Angeblich wegen der Sicherheit auf dem Schulhof, sagte Roman. Dann lachte er und sagte, in Wirklichkeit hauen die Schulen das Land Kalifornien schon längere Zeit übers Ohr. Sie melden mehr Schüler, als sie haben, und kassieren die Zuschüsse. Aber ich schätze, das ist auch nur die halbe Wahrheit.

Er betrachtete seine Anti-RFID-Maßnahme und sagte, Leuchtdiode ist unpraktisch, da mußt du die ganze Zeit draufgucken. Ich sollte es mit einem Piezosummer und einer ordinären 9-Volt-Blockbatterie versuchen.

Dann summt dir das Ding in der Tasche, sagte ich.

Das tut ein Handy schließlich auch, sagte Roman, stand auf, nahm Gila den Kleinen ab und sagte, Chips gib's ers' ab drei. Ab dann gib's für alle Kids schöne Chips.

Wir sind hier nicht in Kalifornien, sagte Gila.

Wollen wir wetten, sagte Roman.

*

Tatsächlich, so der Polizeibericht, waren alle Geruchsattentate mittels Anchovis ausgeführt worden.

Über die Ostertage war es des weiteren zu einer erst später bekanntgegebenen vorläufigen Festnahme gekommen: Konrad Riedinger war im Zusammenhang mit einer Veranstaltung des Chaos Computer Clubs in Norddeutschland von einem Zivilbeamten erkannt worden, der das Treffen beobachtete.

Koi war ein Zufallstreffer.

Gegen die inzwischen als möglicherweise kriminelle Vereinigung eingestufte Untergrundbewegung Sweet Sixteen und ihre Mitglieder wurde wegen groben Unfugs und sicherheitshalber auch wegen Verdachts auf Sabotage ermittelt, Koi wurde verhört. Er gab an, zur fraglichen Zeit nicht in Osnabrück, Mannheim, Erfurt, Bremen oder Berlin gewesen zu sein. Ein Alibi hatte er nicht, weil der Chaos Computer Congress erst einige Tage nach der Tat begonnen hatte.

Koi war zu dem Treffen angemeldet gewesen, wenngleich nicht unter seinem richtigen Namen, und war dort, so gaben die CCC-Veranstalter zu Protokoll, ausgerüstet mit den erforderlichen Hirose-Steckern mit Knickschutz und Guideplate sowie der empfohlenen Verpflegung, einem Paket Cornflakes, Konfitüre, Nuß-Nougat-Creme sowie Instant-Tee usw. aufgetaucht, hatte sich an die Gruppenordnung gehalten, die aus ökologischen Motiven die Benutzung von Einweggeschirr unter Strafe stellte, und hatte an verschiedenen Projekten wie Cultural Jamming, Adbustering und Subvertising oder Tech-Wizards und Medien-Hijacking teilgenommen. Er galt nicht unbedingt als Hacktivist oder Mitglied der Situationistischen Internationale, konnte also nicht als organisierter Kommunikationsguerillero eingeschätzt werden, ganz genau wußte das aber keiner, übereinstimmend wurde er jedenfalls als motiviert, leidenschaftlich, auch theoretisch fit und vor allem als originell dargestellt.

Bei Gelegenheit des Kongresses hatte er im übrigen Bekanntschaft mit mehreren der traditionell zu den Zusammenkünften des CCC als Gäste eingeladenen Mitgliedern des Vereins Sportsfreunde der Sperrtechnik e.V. geschlossen und sich sehr für die in diesem Verein ausgeübte Extremsportart, das sogenannte Lockpicken, interessiert, insbesondere für die Königsdisziplin dieser Sportart, die als besonders ehrenhaft angesehene Handöffnung, bei der es Aufgabe ist, allein mit Hilfe eines Tastbestecks ein Zylinder-, Bart-, Chubb- oder Zahlenkombinationsschloß zu knacken.

Ein Mitglied des Vorstands der Sportfreunde erinnerte sich daran, daß Koi enttäuscht zu sein schien, als er hörte, daß eine Aufnahme in den Verein erst bei Erreichen der Volljährigkeit möglich ist.

Kannst aber auch deine Eltern fragen, hatte das Vorstandsmitglied gesagt. Wenn die dir das unterschreiben. Aber Koi hatte abgewinkt.

Die Polizei hatte Kois Laptop konfisziert, es stellte sich allerdings heraus, daß die Festplatte fehlte, weswegen die

Beamten vermuteten, daß Konrad Riedinger auf dem Kongreß einen oder mehrere Komplizen oder aber eine externe Festplatte gehabt haben mußte.

Sie kamen nicht auf die Idee, daß ihre eigenen Leute der Chaos-Szene seit Jahren bestens bekannt sein könnten und jemand Koi auf die »Undercover-Weltraumaffen«, wie Zivilbeamte im Jargon hießen, aufmerksam gemacht haben könnte, so daß der dann in aller Ruhe seine in- oder externe Festplatte mitsamt der Mutterkarte hatte verschwinden lassen für den Fall, daß ihn jemand erwischte.

Trotz dieser Gefahr allerdings, die ihm durchaus bewußt gewesen sein dürfte, war er so leichtsinnig gewesen, auf dem Kongreß zu erscheinen.

Zum Zeitpunkt seiner vorläufigen Festnahme hatte er Jeans sowie ein hellblaues T-Shirt mit der bekannten Aufschrift Sweet Sixteen und Free your mind getragen. Diese T-Shirts allerdings konnten seit längerem nicht als Indiz für die Mitgliedschaft in einer kriminellen Vereinigung gelten.

Meine Tochter trägt selbst so eins, sagte der Ermittlungsbeamte. Keine Ahnung, wo sie das her hat. Im Laden kannst du das nicht kaufen.

Wo Koi sich in den vergangenen sieben Monaten aufgehalten hatte, kam nicht raus. Auf vielfache Nachfragen sagte er lapidar: Die Stadt gehört immer noch allen.

Das Ehepaar Riedinger wurde informiert und reiste aus Weiden nach Hamburg, um den Sohn abzuholen.

Herrn Riedinger wurde auf der Dienststelle empfohlen, den Jungen in der nächsten Zeit möglichst von Computern fern- und im Auge zu behalten.

Er antwortete fast aufs Wort mit dem Satz, den auch Frau Jülich aus Darmstadt während der Talk-Show gesagt hatte: Wie stellen Sie sich das vor, sagte er, ich kann doch den Jungen nicht anbinden, daß er uns nicht davonläuft.

Frau Riedinger sagte, bei uns steht in jedem Zimmer ein Computer. Und der Konrad schlägt ganz nach seinem Vater. Einmal ProCom, immer ProCom, sage ich immer.

Darauf sagte die Polizistin, das müssen Sie schon selber wissen. Ich jedenfalls, wenn das mein Sohn wäre ...

*

Kukutsch wurde von mehreren Seiten aus mit dem Meks-Phänomen in Verbindung gebracht, da er seinerzeit nicht nur die aufrührerischen Kinderlieder zu verantworten gehabt, sondern beste Beziehungen zu diversen Untergrundbewegungen unterhalten hatte.

Seine Tochter, die inzwischen das Geschäft führte, beschloß umgehend eine Neuauflage der alten Platten; sie erschienen jetzt als CD und mit neuem Design: hellblaues Cover mit einem Sechzehner-Logo, das einen Einradfahrer zeigte. Der Erfolg überraschte alle. Marktanalysen ergaben, daß die Lieder vorwiegend von älteren Erwachsenen gekauft wurden, die mit der Technik des Herunterladens aus dem Netz nicht vertraut waren.

Als Anfang Mai der Vorwurf der Volksverhetzung schließlich in einer Tageszeitung laut wurde, entschloß sich Kukutsch, Stellung zu beziehen.

Das Gespräch mit einem für philosophische Fragen zuständigen Moderator einer staatlichen Fernsehanstalt wurde in der Privatwohnung von Kukutsch geführt und aufgezeichnet.

Sehr verehrter Herr Kutsch, so begann der Journalist, in der letzten Zeit tragen sich merkwürdige Vorgänge in der Jugendszene zu und sind in die Aufmerksamkeit der Öffentlichkeit geraten. Es wird vermutet, daß ein Zusammenhang zwischen Ihnen, beziehungsweise den in den vergangenen Siebzigerjahren von Ihnen vertretenen gesellschaftlichen Idealen, Stichwort Französische Revolution, und der sogenannten Heuser-Untergrundgruppe besteht. Was können Sie uns dazu sagen?

Kukutsch saß behaglich in seinem großen alten Sessel, hatte einen pastellblauen Pullover mit V-Ausschnitt an und ein Glas Rotwein neben sich stehen. Er wirkte entspannt.

Ich hatte eigentlich schon ins Bett gehen wollen und nur noch ein letztes Mal die Programme durchgezappt, als das Nachtmagazin begann.

Kukutsch lächelte vergnügt und sagte, ach wissen Sie, mit den vergangenen Siebzigerjahren ist es nicht anders als mit aller Vergangenheit. Nach dem Wort eines amerikanischen

Autors ist sie immer mit uns, diese Vergangenheit, sie ist nicht einmal vergangen.

Ganz der alte Dialektiker, wie wir ihn kennen, sagte der Interviewer, aber das beantwortet nicht meine Frage. Einmal ganz konkret: Sie sind bekannt als jemand, der mit verschiedenen kriminellen und terroristischen Gruppen in Kontakt war, der ein Netzwerk zum Untergrund unterhielt ...

Kukutsch unterbrach und sagte, Ihnen wird bekannt sein, daß diese Gruppen vor Jahrzehnten zu existieren aufgehört haben.

Ich sprach von Netzwerk, sagte der Journalist.

Nun, sagte Kukutsch, wenn ich die Annika so betrachte, das ist meine Enkeltochter, stelle ich immer wieder fest, daß sich die Netzwerke doch sehr verändert haben seit dieser Zeit. Ihre Handyrechnung hätte sich mein Büro seinerzeit zum Beispiel nicht leisten können.

Ich holte mir auch ein Glas Rotwein und hatte das Gefühl einer bestimmten und sehr angenehmen Nähe zu Kukutsch, obwohl ich ihn nie persönlich gekannt hatte, es war eher das Rotwein-Gefühl aus einer Zeit nächtlicher Gespräche oder Debatten, die meistens in irgendwelchen Küchen geführt wurden und bis in den Morgen dauern konnten. Mit dem Glas Rotwein hatte ich das Gefühl, dabeizusein und mich gegebenenfalls beteiligen zu können.

Der Interviewer versuchte es jetzt anders. Ihre Tochter, so begann er, hat soeben die ins Gerede gekommenen strittigen Lieder in neuem Gewand auf den Markt gebracht, und zwar – er hob die Stimme – unter Verwendung der kürzlich aufgetauchten Graffiti-Motive. Ich nehme doch sehr stark an, daß im Vorfeld die Frage der Rechte an diesen Zeichnungen mit den Urhebern verhandelt und abgeklärt worden ist?

Oh, sagte Kukutsch, dazu gäbe es zweierlei zu bemerken. Zum einen müßten Sie das meine Tochter fragen, und zum zweiten: Die Stadt gehört allen. Geld ist wohl kaum im Spiel gewesen.

Womit wir bei dem Manifest der Gruppe angelangt wären, sagte der Interviewer, das in wesentlichen Punkten mit den von Ihnen seinerzeit vertretenen Auffassungen übereinstimmt. Wie erklären Sie sich eine solche Übereinstimmung?

Kukutsch sagte, es steht jedem frei, Bücher zu lesen.

Ich mußte lachen und sagte in den leeren Raum und in Richtung des Fernsehers, und jetzt sag bloß, die Freibeuterschriften. Dann dachte ich, eigentlich eine Unverschämtheit, wildfremde Menschen am Fernsehen einfach zu duzen.

Nun haben aber, sagte der Journalist etwas spitz, Untersuchungen des Lesevermögens unter den Schülern dieses Landes ergeben, daß es damit keineswegs zum besten bestellt ist. Wie also, frage ich Sie, sollen die Jugendlichen an eine solche Lektüre oder gar Bildung gekommen sein? Haben Sie da womöglich Vermittlung betrieben?

Wenn ich das Manifest der Jugendlichen betrachte, sagte Kukutsch, dann steht da ganz einfach drin, daß sie aus dem Kartell des geistigen und physischen Schwachsinns austreten und sich das Wesentliche künftig selber beibringen wollen. Ein Verfahren, das übrigens verschiedentlich sehr erfolgreich erprobt worden ist und ausgezeichnete Handwerker, Künstler, Ärzte und Ökonomen hervorgebracht hat; vielleicht könnte das tatsächlich einen Ausweg aus dem gegenwärtigen Bildungsdilemma weisen.

Ich dachte, daß Josha vermutlich einen solchen Ausweg aus dem Bildungsdilemma gefunden hatte, weil ich mir nur schwer vorstellen konnte, daß es zu seinem Unterricht gehört haben sollte, den gesamten hirnhammermäßigen Fight Club auswendig zu lernen.

Sie, Herr Kutsch, sagte der Interviewer und zückte eine Karteikarte, haben seinerzeit vor den Gefahren einer, ich zitiere aus dem Archiv, bevorstehenden Vollverblödung der Bevölkerung durch Medien und Konsum gewarnt ...

Kukutsch sagte nichts. Der Journalist erwartete ein Geständnis. Nach meinem Gefühl erwartete er sogar ein doppeltes Geständnis, denn nachdem Kukutsch hätte zugeben sollen, solchen Quatsch tatsächlich vorzeiten einmal von sich gegeben zu haben, hätte er eingestehen müssen, daß er sich da natürlich zum Glück gewaltig geirrt hätte.

Dummerweise war es eine Sendung des staatlichen Fernsehens, der Journalist konnte also nicht sagen, bleiben Sie dran, wir kommen nach einer kleinen Pause gleich wieder. Die Kamera machte einen Verlegenheitsschwenk durch Kukutschs Wohnzimmer, Kukutsch half seinem Befrager nicht weiter, die Kamera ging kurz auf Kukutsch und entschloß sich dann, sich auf seine Seite zu schlagen: Sie schwenkte langsam und boshaft auf das Gesicht des aus dem Konzept gekommenen Interviewers, blieb dort stehen und zeigte die Bestürzung des Mannes.

Zur Frage der Gewalt, setzte der das Gespräch neu an: Nach unseren Informationen ist die Heuser-Gruppe verantwortlich für die fünf in deutschen Innenstädten kürzlich verübten Attentate, bei denen zum Glück keine Verletzten zu beklagen waren, die allerdings beträchtlichen Schaden für die betroffenen Unternehmen bedeutet haben. Ich erinnere Sie – er zückte eine weitere Karteikarte – daran, daß etliche der Untergrundgruppierungen, mit denen Sie in Kontakt standen, zum, in Anführungszeichen, zivilen Ungehorsam nicht nur aufgerufen haben, sondern diesen mehrfach, und zwar als Gewalt gegen Sachen sowie auch im späteren Verlauf der Entwicklung gegen Menschen ausgeführt haben.

Kukutsch antwortete knurrig, aber ganz offensichtlich mit dem größten Vergnügen, Tatwaffe Anchovis.

Die Polizei befürchtet, so der Interviewer, der das nicht lustig fand, daß eine wachsende Bewegung von Jugendlichen durchaus eine Gefährdung der öffentlichen Sicherheit darstellen könnte, zumal nicht auszuschließen ist, daß sie von Sympathisanten gedeckt und unterstützt wird – er betrachtete eingehend Kukutschs hellblauen Pullover –, die unauffällig sind und bei Bedarf aktiviert werden könnten.

Kukutsch sagte, und dann schütten sie unauffällig, aber aktiv Waschpulver in Innenstadtbrunnen, bis die überschäumen, oder wie stellen Sie sich das vor?

Ich merkte erst nach einem Moment, daß ich laut lachte. Die Kombination aus Otaku, Informationsfreaks, Skater, Dächerspringer und »Fight Club« geballt gegen Unilever, dachte ich, und Kukutsch gibt ihnen Tips, wie sie es machen könnten. Gut, es war kein taufrischer Tip, genaugenommen ein ziemlich alter Hut, irgendwelche Zellen hatten es früher gemacht. Meine Schwester hatte mir erzählt, wie sie abendelang über das Projekt »Sand im Getriebe« diskutiert hatten, ihre absolute Lieblingsvorstellung dabei war der sogenannte Blitzeisangriff, aber der war offenbar nicht leicht durchzuführen, weil die entsprechenden Fahrzeuge im gut gesicherten Fuhrpark der Stadt standen und nicht so einfach zu klauen waren, zumal die Flower Powers in technischen Fragen nur sehr vereinzelt beschlagen waren, und das betraf in der Regel wesentlich den Auf- und Abbau ihrer Musikanlagen, die meisten hatten nicht einmal einen Führerschein.

Auf dem Bildschirm versuchte der Journalist noch ein letztes Mal, Kukutsch ein Bein zu stellen.

Der Anführer der Gruppe, sagte er, ist ein gewisser Markus – er machte eine Pause, um zu sehen, ob Kukutsch ihm den Gefallen tun und »Heuser« sagen würde, aber Kukutsch wartete ab –, ein gewisser Markus Heuser aus dem Westerwald. Man würde denken, daß eine Gegend wie der Westerwald nicht unbedingt die geeignete Brutstätte für eine solche Bewegung ist. Was denken Sie?

Kukutsch sagte, Bewegungen entstehen nicht im Zentrum, sondern meistens an den Rändern, und woraus schließen Sie, daß die Bewegung einen Anführer hat?

*

Aus dieser Bemerkung schloß der Verfassungsschutz, daß Kukutsch Beziehungen zur Heuser-Gruppe unterhielt oder zumindest indirekt durch seine fünfzehnjährige Enkeltochter über die Interna der Gruppe informiert wurde. Hinter der Fassade des gutbürgerlichen Rentners und Großvaters getarnt, verbarg sich offenbar geschickt ein Schläfer, der die vergangenen fünfzehn Jahre unauffällig auf seine Stunde gewartet hatte und nun zweifellos den Ausbrechern nicht nur Lesen und Schreiben, sondern das in Vergessenheit geratene Neinsagen mitsamt dem entsprechenden Handwerk beibringen würde, soweit sie es sich nicht schon selbst aus dem Netz geholt hatten.

Kukutsch stellte fest, daß die Fahrzeuge, die auf der anderen Straßenseite gegenüber seiner Wohnung jetzt parkten, nicht mehr die Käfer von früher waren, aber seit jenen Käfern und Wanzen und sonstigen kleinen Tieren hatte er sowieso die Angewohnheit, die wichtigen Dinge des Lebens und des Geschäfts am Fluß zu bedenken und zu besprechen; er liebte den Fluß und ging seit vielen Jahren regelmäßig, ja, fast täglich dorthin, weil ihn das Wasser beruhigte und er die Absicht hatte, einmal unter dem Titel »Meine Träume am Fluß« seine Biographie zu verfassen.

Um die Bewegung zu schwächen, beauftragte das Innenministerium des weiteren eine private, sehr erfolgreiche Agentur damit, einen Wurfzettel zu entwerfen, der kurz darauf von eigens dazu requirierten Arbeitslosen an alle Haushalte mit halbwüchsigen Kindern verteilt wurde.

Zuvor lancierte es allerdings die später so genannte Schlüsselkampagne, die eine ausgesprochene Schlappe wurde und zu einer Regierungskrise führte. Immer wieder tauchten Berichte darüber auf, daß Kinder und Jugendliche ihre Briefkastenschlüssel dazu mißbrauchen, die elterliche Post an sich zu nehmen und entweder unbefugt zu lesen oder, was teils zu empfindlichen Problemen geführt habe, verschwinden zu lassen.
Besonders Rechnungen, Zahlungsaufforderungen sowie insbesondere Steuerbescheide, so wurde betont, seien in ungeahntem Umfang nicht in die Hände der Zahlungs- und Steuerpflichtigen gekommen, und um Mahngebühren zu vermeiden, empfahl man den Eltern, ihren Kindern auf keinen Fall den Zugang zu den Briefkästen zu gewähren.

Die Sache konnte nicht klappen, aber sie flog sonderbarerweise erst etwas später auf. Die Berater, die sich das ausgedacht hatten, kamen aus einem regierungsexternen Institut, die Verträge konnten nach langwierigen Verhandlungen und einem Vergleich in sechsstelliger Höhe aufgelöst werden, die Sache kam vor den Ausschuß und verebbte dort. Die Aktenlage, so hieß es, ließe keinen Rückschluß darauf zu, welcher Ministerialbeamte den Auftrag an das regierungsexterne Institut erteilt habe.

Als nächstes also wurden die Handwurfzettel verteilt. »Hinweise für den sechzehnten Geburtstag« waren sie überschrieben und enthielten in dick gedruckten Buchstaben als oberstes die dringende Empfehlung, an diesem Tag unbedingt dafür Sorge zu tragen, daß das Geburtstagskind sicher und von mindestens einem Erwachsenen begleitet zur Schule oder an seinen Arbeitsplatz gebracht und dort auch wieder abgeholt werden solle.

Der zweite Punkt beschrieb die mögliche Vorsorge. So wurde den Eltern geraten, schon im Vorfeld des Geburtstags den Überblick über die außerhäusigen Aktivitäten ihrer Sprößlinge zu behalten oder, wenn das aus Gründen doppelter Berufstätigkeit oder für Alleinerziehende nicht möglich sei, jemanden aus der Verwandtschaft oder eine Nachbarin vielleicht darum zu bitten, stellvertretend für den Erziehungsberechtigten tätig zu werden.

Für den Geburtstag selbst könne auch in Erwägung gezogen werden, im Vorfeld vielleicht mit dem betroffenen Jugendlichen einen Pakt zur inhäusigen Geburtstagsgestaltung abzuschließen, wobei das Wort Hausarrest zu vermeiden sei, weil es in dieser Altersgruppe Protesthaltungen und Ausbruchswünsche auslösen könne.

Der vierte und ausführlichste Punkt hätte von Conny Hanssen stammen können. Darin wurde den Eltern vorgeschlagen, auch unabhängig vom Geburtstag möglichst viel Zeit mit ihrem Kind bzw. den Kindern zu verbringen, um sie vom Umgang mit elektronischen Medien bzw. außerhäusigen Beschäftigungen wie zum Beispiel dem schwer zu überwachenden Skating durch gemeinschaftliche Unternehmungen abzulenken. Allerdings müßten diese Aktivitäten von besonderer, altersangemessener Attraktivität sein. Die Agentur hatte eine Vielfalt von Ideen, so etwa hatte sie an die beliebten Erlebnisbäder gedacht, die vom Babyplanschbecken bis zur Beauty-Verwöhn-Packung für jede Altersgruppe etwas zu bieten haben; sie erwähnte des weiteren eine Hallenskianlage in der Nähe der holländischen Grenze und lobte besonders die kürzlich eröffnete Südseeoase in Brandenburg. Daß deren koreanische Investoren zu den Kunden der Agentur gehörten und die verfehlte Werbekampagne der westdeutschen Agentur für die jämmerliche Besucherquote verantwortlich machten, erwähnte der Wurfzettel nicht, sondern ließ geschickt einfließen, da seien noch Kapazitäten frei. Verschiedene Sportclubs hatten sich überregional zur Aktion »Sweet Sixteen« zusammengeschlossen und boten Geburtstagsgutscheine an. Unter dem Motto: Bei uns kannst du abtauchen, waren eintägige Tauchkurse entwickelt worden, die die Agentur als originelle und ausgefallene Gags anpries. Den einkommensschwächeren Eltern empfahl das Merkblatt gemeinsame Spaziergänge durch das in aller Pracht blühende Frühjahr mit anschließendem Besuch einer Tierschau, besonders hinweisen wolle man die Bewohner aus Köln und Umgebung auf die jährliche Pulheimer Hundeschau, deren Veranstalter immer wieder verschiedene Prominente aus beliebten Fernsehserien in die Jury bekämen; die Kombi aus Tier und Promi sei ein Erfolgsmodell, hieß es wörtlich, aber auch anderswo, beispielsweise in Aalen oder Ingolstadt, gäbe es interessante Hundeschauen. Natürlich könne nicht jeder Spaziergang mit solch einem Event aufgepeppt werden, aber dann könne man ihn immer noch krönen mit dem Besuch einer Filiale jener Imbißketten, die ihre Produkte zum Preis eines Stundenlohns und im Look der Young Generation designt anbieten. Die Rutschbahnen für kleine Geschwister seien gratis im Angebot enthalten.

Zuletzt wurde ausdrücklich darauf hingewiesen, daß das Ministerium ein Beratungstelefon eingerichtet hatte. Fragen seien des weiteren per E-Mail zu richten an: mailto: Happybirthday@bmi.org.

*

Saskia hatte den Zettel von Josha.

Der hatte ihn von dem für die Zustellung rekrutierten Arbeitslosen.

Der wiederum war sauer.

Hatte Josha seiner Schwester erzählt.

Erst kürzen sie dich einen Kopf ein, hatte er Josha gesagt, als die beiden sich morgens um halb zehn am Briefkasten getroffen hatten, und bei der Gelegenheit hatte Josha erfahren, daß das Postamt im Ort schon seit einer geraumen Weile geschlossen war.

Und dann machst du genau denselben Job wieder, sagte der Arbeitslose. Und jetzt rate mal, was ich dafür kriege.

Nicht mit mir, hatte er auch gesagt und Josha den Handwurfzettel in die Hand gedrückt.

Joshas Eltern hatten ihn also nicht.

Saskia sagte, wenn das nicht überzeugend ist.

Zum Wegrennen, sagte Roman.

Etwas überzeugender waren die Vorschläge, die aus dem Verband Deutscher Wach- und Sicherheitsunternehmen an das Ministerium herangetragen wurden.

Sie gründeten auf dem Satz, den Koi bei seiner Festnahme den Beamten gesagt hatte, den die Sicherheitsexperten allerdings nicht von Koi, sondern von Kukutsch gehört hatten und der ihren Widerstand herausgefordert hatte:

Das werden wir ja sehen, ob die Stadt allen gehört, hatten zahlreiche Wach- und Sicherheitsunternehmer sich gesagt und ihre Chance gesehen, den Einflußbereich dieser Wachstumsbranche entscheidend zu stärken und auszubauen.

Der Verband schrieb einen Brief.

Die darin entwickelten Ideen stießen im Innenministerium auf ein offenes Ohr.

Grob gesagt, so der Vorsitzende des VDWS bei dem rasch vereinbarten Meeting, brauche man nur dem Beispiel des Bremer Polizeigesetzes zu folgen.

Im Innenministerium war man über das Bremer Polizeigesetz im Augenblick nicht so recht orientiert und ließ sich erklären, daß die Stadt vor Jahren die besten Erfahrungen damit gesammelt habe, bestimmte Stadtbereiche für bestimmte Leute zu schließen.

Wie das durchführbar sei?

Nun, sehr einfach, erklärte ein Mitglied der Wach- und Sicherheitsdelegation salopp. Die haben da Stadtpläne gedruckt, dann haben sie eingezeichnet, wo sie sie nicht haben wollten, also verbotene Zonen, und das haben sie an die Asylos verteilt, da brauchte man keine lästigen Klagen gegen die, keine Verurteilung, nur den Verdacht, daß sie mit Drogen handeln. Da haben ein paar Polizisten ausgereicht, also Verdacht auf Drogen und Dealerei, und schon war das Ding im Kasten. Hat funktioniert. Inzwischen haben sie es auch für Deutsche in Betrieb.

Man könnte sehr leicht, griff der Vorsitzende des VDWS ins Gespräch ein, nach Absprache mit den Jugendschutzbeauftragten und selbstverständlich zum Schutz der großen

Mehrheit der Sechzehnjährigen, ein Gesetz verabschieden, das Jugendliche weg von den Straßen bringt.

Im Ministerium war man zunächst skeptisch.

Ein Gesetz sei doch keine private Hausordnung, wandte man ein.

Wieso eigentlich nicht, beharrte die VDWS-Delegation, und ein Mitglied erklärte den begriffsstutzigen Beamten, was für den VDWS auf der Hand lag: Im Supermarkt ist es verboten, durch die Gänge zu rennen, auf der Kölner Domplatte ist es verboten, Rollerskates oder Skateboard zu fahren, also wo ist da der Unterschied. Ich sehe da keinen. No eating, no drinking, no littering, und New York war sauber. Don't even think about parking here. Anständige Kleidung, keine unnötigen Aufenthalte, wir erteilen Hausverbote, Sie können es Platzverweis nennen, Straßenverbot; und wenn Sie einen erwischen: Verbringungsmaßnahmen anordnen, die Verdachtsmomente liegen klar auf der Hand: Von den Jugendlichen gehen Gefahren aus, ob die bei uns im Laden klauen oder stundenlang in der Media-Etage rumhängen, und dann kaufen sie doch nichts, sondern cracken alles, was sie wollen, gemütlich von zu Haus. Oder ob die in den Straßen Autos knacken, alten Omas die Handtasche von der Schulter wegreißen, schauen Sie in die Polizeistatistik, alles junge Leute. Bis jetzt hat man das noch dulden können, hier ein Auto, hier eine alte Oma, aber durch die Geruchsattentate ist das öffentliche Klima gefährdet.

Sehen Sie sich die Städte an: Wozu haben sie sich das neue

Outfit zugelegt, wozu haben sie sich das ganze Glas, den massenhaften Chrom und Marmor, den ganzen Granit spendiert? Feel good, sagte der VDWS-Sprecher. Feel good, und dann kommen die Rotzlöffel her, geben kein Geld aus, knallen überall ihre Graffitis drauf, auf das teure Material; Sachbeschädigung ist das, und dann machen sie auch noch Stunk.

Mit Pennern und Junks hat es doch auch funktioniert, und jetzt einmal ehrlich: Würden Sie Ihre Kinder heutzutage wirklich noch auf die Straße lassen? Da draußen hausen ein paar tausend Autonome.

Daran hatte man im Innenministerium auch schon gedacht. Deshalb ja schließlich das Sicherheitsmeeting.

Hier sah der VDWS den geeigneten Moment gekommen, um sein Sicherheitspaket an den Mann zu bringen. Als erstes, sagte der Vorsitzende: Dramatisierung des Problems.

Ein paar Spots im Fernsehen, nach Möglichkeit eine andere Agentur als die Dilettanten von der Schlüsselkampagne; inszenieren Sie die Gefahr, sie ist echt. Sodann: Zäune. Vergessen Sie nicht – Sicherheit kann man kaufen, Sicherheit ist ein Produkt. In den Staaten hat man das längst begriffen, Gated Communities, Stacheldraht drum herum, und Ruh ist. Trailer Parks – hat man im großen und ganzen im Griff und vor allem: draußen. Dann die Kontrollen ausweiten: Schwarze sowieso, Ausländer allgemein, Jugendliche, Jugendliche und noch mal Jugendliche, egal ob Männlein oder Weiblein, und dann kommen erst die Penner.

Obdachlose, korrigierte ein Ministerialbeamter vorsichtig. Konsumenten legaler und illegaler Drogen, Mitglieder der unteren Einkommensschichten.

Korrekt, sagte der VDWS-Mann. Alles, was hypothetisch kriminogen ist und keine Kaufkraft oder Kaufabsicht hat, wird ruckzuck vom Spielfeld gestellt.

Innerhalb von zwei Wochen wurde der neue Tatbestand der Geruchsattacke aus dem Unfugs-Paragraphen 118 des Ordnungswidrigkeitengesetzes heraus- und in den Paragraphen 315b Absatz 1 als Punkt 4 des Strafgesetzbuches hineingenommen, obwohl er strenggenommen keinen Eingriff in den Straßenverkehr darstellt.

Grund für die eigenartige Gesetzesänderung war die listige Überlegung, daß eine Ordnungswidrigkeit mit Geldstrafe belegt ist, eine Behinderung des Straßenverkehrs hingegen eine Freiheitsstrafe nicht unter einem Jahr nach sich zieht und die finanziellen Investitionen des Innenministeriums in das Sicherheitspaket des VDWS vor dem Haushaltsministerium mit Bagatelldelikten nicht zu begründen gewesen wäre.

Wenn sie die Sardellen nicht in die Autoauspuffs gelegt hätten, wären wir in der Bredouille, sagte ein Kabinettsmitglied.

So kam das Gesetz in aller Stille kurz vor der Mittagspause im Bundestag durch, nachdem die Opposition erfolglos versucht hatte, noch einige weitere Ordnungswidrigkeiten in den Rang von Straftaten zu erheben.

Als kurz darauf auf dem Breitscheidplatz in Berlin Bautrupps auftauchten, mit geräuschintensiven Bauarbeiten begannen und die Bürger beim Senat anfragten, worum es sich handele und ob der Krach wirklich nötig sei, wurde ihnen mitgeteilt, der Innenstadtbrunnen auf dem Breitscheidplatz sei ein anschlagsgefährdetes Objekt, der Platz müsse daher aus Gründen der städtischen Sicherheit mit einem Zaun versehen und für einige Zeit zur »selektiv betretbaren Zone« erklärt werden.

Einige Anwohner erinnerten sich daran, daß vor ein paar Jahren dieser Brunnen einmal wie verrückt übergeschäumt war, nachdem irgendwelche autonomen Zellen Waschpulver ins Wasser geschüttet hatten.

Da aber – mit Ausnahme jener, die aus beruflichen Gründen das Nachtprogramm schauen müssen – kein Mensch die Ausstrahlung des Nachtmagazins im staatlichen Fernsehen gesehen hatte, erkannte auch niemand einen Zusammenhang zwischen der Einzäunung des Breitscheidplatzes und der Äußerung von Kukutsch: Dann schütten sie unauffällig, aber aktiv Waschpulver in Innenstadtbrunnen.

Wie sich herausstellte, hatten die Behörden rechtzeitig tatkräftig und effektiv gehandelt: Auf den Brunnen wurde kein Schaumattentat verübt.

*

Wie stellen Sie sich das vor, hatten Frau Jülich und Herr Riedinger gefragt.

Soll ich mein Kind etwa anbinden, fragten inzwischen immer mehr Eltern und diskutierten auf Elternabenden besorgt die bevorstehenden Geburtstage, es gründeten sich Elternselbsthilfegruppen, und im Netz entstanden Hausarrestforen, die sich mit rechtlichen, ethischen und auch praktischen Fragen dieser elterlichen Maßnahmen befaßten und die Durchführbarkeit diskutierten.

Mein Sohn ist zwei Köpfe größer als ich, begannen häufig die Überlegungen, und auch die Hinweise auf jugendliche Schnelligkeit beschäftigten die Eltern, die sich ihre physische Ohnmacht eingestanden und auf Abhilfe sannen, um ihre Söhne und Töchter nicht an die Straße zu verlieren.

In dieser Zeit schaltete die Firma Galactica eine Dauerwerbesendung, um ihren Kifi nach Europa und unter die besorgten Leute zu bringen.

Ich hatte gerade drauf, daß Kiba ein Cocktail aus Kirsch- und Bananensaft ist, als Saskia von der Werbesendung erzählte.

Sag nicht, du guckst Dauerwerbesendungen in der Nacht, sagte ich, aber Saskia sagte, ist das Allerbeste, wenn du nicht schlafen kannst.

Es war Mitte Mai. Josha hätte in zwei Wochen Geburtstag, und mit Dauerwerbesendung einzuschlafen war vermutlich gesünder für Saskia als gar nicht zu schlafen.

Also was ist der Kifi?

Kinderfinder, sagte Saskia. GPS, satellitengestützt. Haben sie bisher nur bei Jugendlichen eingesetzt, die auf Bewährung sind.

Elektronische Fußfessel? sagte ich probeweise.

Oder Hand, sagte Saskia. Die sind inzwischen nicht größer als eine Armbanduhr. Sender drin, Empfänger ans Telefon angeschlossen, und sobald einer abhaut, wird es gemeldet. Global positioning. Lückenlos, sagen sie in der Werbung, manipulationssicher, human und dafür echt nicht teuer.

Nämlich, sagte ich.

Kostet keine zweihundert. Geschmackvoll in kosmischem Rot und intergalaktischem Blau.

Für gleich nach dem Babyphone, sagte Roman. Die individuelle Lösung für alle, die keine Lust haben, noch länger auf die Chips zu warten.

Ich dachte, die Kids machen einfach die Handys aus oder verschicken sie mit der Post, sagte ich, dann sind sie nicht mehr zu orten.

Das war mal, sagte Saskia. Die Kifis kriegen sie nicht aus und auch nicht runter, da haben die Eltern den Code, so eine Art elektronischer Schlüsselbund. Sieht aus wie ein USB-Stecker. Soll in Städten auf fünfzig Meter genau funktionieren, der Kifi.

Stark, sagte Roman. Free your mind and your body.

And soul, sagte Saskia nachdenklich.

Andererseits, sagte Roman. Wir haben die ganze Wohnung voll Kindersteckern.

So argumentieren die auch, sagte Saskia. Sie flötete mit Werbestimme: Sie haben ein natürliches Bedürfnis, Ihre Lieben vor den Gefahren da draußen zu schützen.

Der Kifi erregte großes Aufsehen bei den von sechzehnten Geburtstagen betroffenen Eltern und wurde kurzfristig ein Verkaufshit. Einen Moment lang spaltete er außerdem die öffentliche Meinung und rief verschiedene Bürgerrechtsorganisationen auf den Plan, die seine Anwendung für verfassungswidrig hielten, weil, wie es hieß, auch Minderjährige einen Anspruch auf Menschenwürde hätten.

Einer der ersten Anwender des Kifi war Kois Vater, der nach Kois Ergreifung ein sehr geschätzter Gast in abendlichen Gesprächsrunden geworden war. Herr Riedinger, einmal ProCom, immer ProCom, verteidigte den Kifi öffentlich mit dem Hinweis auf einen bedeutenden französischen Denker, der die Forderung aufgestellt und vertreten habe, man müsse unter allen Umständen absolut modern sein, und der Kifi sei in der Tat das Neueste und Modernste, was in Sachen Jugendschutz high-tech-mäßig entwickelt worden sei, allerdings wünschte er sich doch sehr, und hier wendete er sich direkt an die Adresse des Herstellers, daß nicht nur die Großstädte logistisch präzise erfaßt würden, sondern die Ortungsgenauigkeit auch auf dem Land verbessert werden möge. Bei uns in Weiden zum Beispiel, sagte er, funktioniert er auf einen Radius von über zwei Kilometern, das reicht natürlich nicht aus. Der ist weg, bis wir den gefunden haben.

Auch Conny Hanssen befürwortete den Kifi. Sie litt unter dem Verlust ihres Justus. Die Ungewißheit über den Verbleib ihres Ältesten quälte sie, und die Furcht davor, daß eines ihrer verbliebenen beiden Kinder dasselbe Schicksal ereilen könnte, hatte sie zu einem Buch veranlaßt, in dem sie das bekannte pädagogische Konzept noch einmal vorstellte und auf die Bedeutung gemeinsamer Mahlzeiten im Kreis der Familie hinwies; überarbeitet hatte sie indes die Frage, wie die Einhaltung klarer Grenzen und Regeln bei jungen Menschen zu bewirken sei. Pädagogische Mittel seien dafür nur bedingt geeignet, schrieb sie, das habe sie am eigenen Leib schmerzlich erfahren müssen; es gebe da offensichtlich eine Phase im Leben junger Menschen, in der diese nur wenig oder gar nicht zugänglich seien für die liebevolle und bestimmte Führung seitens der Großen, und in dieser Phase, die eine besondere Gefahr für eine gelungene Erziehung bzw. seelische und körperliche Unversehrtheit der jungen Menschen darstelle, solle man nicht zögern oder gar auf die bekannten falsch verstandenen antiautoritären Freiheitskonzepte zurückgreifen, die vermutlich gerade der Grund für die aktuelle Orientierungslosigkeit einer ganzen Jugend seien, sondern beherzt auch zu unkonventionellen Methoden greifen. Spätestens dann, wenn sich erste Anzeichen pubertärer Unruhe beim Kind zeigten, womöglich aber auch schon früher, während der ruhigeren und einsichtsempfänglicheren Grundschuljahre, sei der Kifi zum Schutz des Heranwachsenden und für den Seelenfrieden seiner Eltern nicht nur hilfreich, sondern geradezu notwendig. Und Freiheit, so schloß sie dieses Kapitel, sei nun einmal die Einsicht in die Notwendigkeit.

Kritiker der Moderatorin stellten fest, daß in der Tat der Kifi im Hause Hanssen unersetzlich gewesen sein mußte, da sie ihr neues Werk blitzschnell und praktisch über Nacht, unbelästigt von zeitraubenden familiären Sorgen verfaßt und in die Buchhandlungen gebracht habe und die Aufsicht über ihre Kinder inzwischen offenbar ganz und gar den kleinen elektronischen Helfern überlasse.

In der Tat war Koi weg, bevor sie ihn gefunden hatten.

Nach seiner Rückkehr ins Haus seines Vaters und seiner Stiefmutter hatten die beiden ein ernstes Gespräch mit ihm gehabt. Frau Riedinger berichtete, daß Koi bereitwillig zugestimmt habe, einem Sportverein beizutreten. Er war schon immer gut in Leichtathletik, sagte sie, und mein Mann dachte, Sport ist in dem Alter das beste Rezept gegen dumme Gedanken. Für eine Weile ist Schluß mit der ganzen Computerei, hatte er angeordnet, und Konrad habe zerknirscht ausgesehen, aber dann einigermaßen gefaßt bemerkt, die Kröte muß ich wohl schlucken. Was die Kifi-Kröte anging, so habe es einiger Verhandlungen bedurft, bis er die auch geschluckt habe. Der Vater habe von der Kinderschutzfibel beim Verein für vermißte Kinder berichtet und Konrad gesagt, daß er sich keinesfalls für die heimlichen Vorlieben und Gewohnheiten seines Sohnes interessiere und auch nicht unbedingt wissen wolle, was der tue, wie es ihm gehe und was er erlebt habe. Indessen interessiere er sich aus nachvollziehbaren Gründen durchaus dafür, wo er sei. Koi habe da die Wahl zwischen dem galaktisch blauen und dem kosmisch roten Modell. Die Atmosphäre im Haus Riedinger sei einige Tage lang ziemlich angespannt gewesen, aber dann schien alles wieder beim alten.

Mein Mann hat den Schlüssel gehabt, sagte Frau Riedinger der Polizei, als sie Kois Verschwinden meldete.

Und wo ist Ihr Mann, fragte der Beamte.

Ihr Mann war unterwegs. Beruflich, sagte Frau Riedinger. Dann überlegte sie einen Augenblick und sagte, glaube ich jedenfalls, weil ihr eingefallen war, daß ihr Mann seiner Exfrau früher auch immer gesagt hatte, es sei beruflich, wenn er in Wirklichkeit außerehelich bei ihr war, und sie dachte, einmal Fremdgehen, immer Fremdgehen, aber hier ging es um Konrad, und ihren Mann würde sie später zur Rede stellen.

Was also war passiert?

Riedinger hatte am Vortag um acht Uhr angerufen und sie gefragt, wo Koi sei.

Sie hatte gesagt, woher soll ich das wissen, du hast den Kifi-Schlüssel.

Nach dem Kifi ist er immer noch im Verein, sagte Riedinger. Jedenfalls nicht weit weg.

Was wird er machen, hatte sie gesagt, Training. Bleibt ihm doch gar nichts übrig.

Gegen zehn hatte Riedinger wieder angerufen. Seine Frau hatte Musik im Hintergrund gehört und gefragt, wo bist du eigentlich, aber das erzählte sie nicht auf der Dienststelle der Polizei.

Mit einem Klienten, aber wo ist Konrad, hatte er gesagt. Der Kifi sagt, er ist immer noch im Verein.

Und, sagte der Polizeibeamte.

Ich bin dann hingefahren, aber da war längst alles zu, sagte Frau Riedinger. Halb elf Uhr abends. Und so ungenau, wie das Gerät sein soll, hätte er schließlich überall sein können.

Sie hatte die halbe Nacht darüber gegrübelt, mit was für einem Kunden ihr Mann bei solcher Musik unterwegs gewesen sein könnte, und über dem Gedanken, daß ein Kifi eigentlich auch ein guter Mafi wäre, war sie gegen Morgen eingeschlafen und vom Telefon gegen neun geweckt worden.

Es war der Sportverein.

Der lag im Umkleideraum, der Kifi, sagte sie. Und der Konrad war einfach verschwunden.

Neben dem Gerät war ein kleines Logo auf die Umkleidebank gemalt, das ein Sechzehner-Männchen zeigte, wie es über zwei Dächer hüpft.

Der Polizeibeamte dachte eine Weile nach.

Ich verstehe ja nichts davon, aber laut Ihrer Aussage – er

klopfte auf die erste Vermißtenanzeige – ist er ein echter Freak.

*

Zwei Tage später war der Kifi-Boom vorbei, nachdem im Netz die Anweisung gefunden wurde, wie der Code zu knacken war. Die Firma Galactica verschob daraufhin ihren geplanten Börsengang.

Die parlamentarischen Ausschüsse, die sich seit Monaten mit dem Heuser-Phänomen beschäftigt hatten, standen vor einem Problem.

Die Meksomanie nahm weiter zu, keiner wußte, ob der Höhepunkt der Absatzbewegung unter den Jugendlichen bereits erreicht war, inzwischen schien es, als ob sie auch unter anderen als den Geburtstagsgruppen grassierte, ein ganzer Schwung junger Leute verschwand am elften Mai, und als man nachforschte, stellte man fest, daß es schon am vierten und zwölften April eine besondere Häufung von abgängig gemeldeten Jugendlichen gegeben hatte. Damals hatte man noch an ein zufälliges Ereignis geglaubt, aber wenn das so weiterginge, müßte man mit einer neuen Welle am zehnten Juni rechnen, und zwar mit einer gewaltigen Welle, da erfahrungsgemäß der Sommer zum Ausreißen geradezu die idealen Bedingungen bietet.

Die Zeit drängte, die Ausschüsse waren zu der Einsicht gekommen, daß man, nachdem weder die Schlüsselkampagne noch die Aktion Handwurfzettel Abhilfe geschafft hatten, seitens der Politik machtlos wäre und am besten den Elternhäusern, Schulen sowie besonders den Medien die Sache anhängen sollte, damit es so aussehe, als hätte man ein Ergebnis zur Hand.

In Wirklichkeit hatte es endlose Streitereien um die Frage gegeben, ob ein RFID-Einsatz in Frage käme und durchsetzbar wäre, aber da RFID zu den erklärten Wahlkampfthemen der Opposition gehörte, hatte sich zuletzt eine hauchdünne Mehrheit dagegen gefunden. Auch die Möglichkeit verschärfter polizeilicher Kontrollen hatte man erörtert, allerdings war das eine rein hypothetische Überlegung, der Haushalt gab nicht eine einzige Stelle mehr her, der BGS war ausgelastet mit den aus allen Richtungen ins Land drängenden Schwarzarbeitern, Terroristen und Menschenhandelsorganisationen und hatte keine Hand frei für eine Gruppe Sweet Sixteen, deren verfassungsfeindliche Absichten im übrigen nicht hieb- und stichfest erwiesen wären, wenn man die Geruchsattacken einmal beiseite ließe, die ja erst neuerlich als Angriff auf das Gemeinwohl interpretiert würden. Der Hinweis auf den Umstand, daß Konrad Riedinger in Hamburg anläßlich des CCC aufgegriffen worden sei und Kontakte zu den Sportsfreunden der Sperrtechnik geknüpft habe, löste beim BGS ein müdes Lächeln aus. Ist Ihnen eigentlich klar, sagte der Nachrichtenoffizier dem Ausschuß, daß wir andere Sorgen haben als eine Bande Cracker hochzunehmen, bloß weil sie Galactica-Codes knacken, und Lockpicken ist demnächst eine Disziplin bei der Olympiade.

Der Innenminister lehnte einen Militäreinsatz im Inneren des Landes ab und leitete eine Rasterfahndung ein. Die Presse wies darauf hin, daß Rasterfahndungen nichts weiter sind als Vernichtung von Steuergeldern, und forderte kreative Maßnahmen im Bildungsbereich sowie die Beseitigung der Jugendarbeitslosigkeit, da sich unter den meksomanischen Jugendlichen zwar in der Überzahl Schüler befänden, doch auch solche, die nach Erlangen des Hauptschulabschlusses oder der mittleren Reife die Erfahrung machen mußten, daß sie in ein Loch fielen, weil die Betriebe ihren Ausbildungsbeitrag nicht leisteten.

Der Arbeitgeberpräsident sprach von der dringend notwendigen Senkung der Lohnnebenkosten.

*

In den Tagen vor Joshas Geburtstag telefonierte Saskia mehrmals mit ihrem Vater.

Hoffnungslos, sagte sie jedesmal, wenn sie aufgelegt hatte.

Dann imitierte sie den alten Mann.

Er hat doch alles, sagte sie bedächtig. Ihr habt doch immer alles gehabt. Ihr habt doch gar keinen Grund. Wir, sagte sie mit tiefer Stimme, wir damals. Dann brach sie ab und sagte, das kommt immer. Dann erzählt er, was sie alles nicht hatten, wie sie sich einen Fußball aus irgendwelchen

Lumpen gebastelt haben und daß der nicht rund lief und wie sie trotzdem den Mut nicht verloren haben, obwohl sie manches Mal den Mut hätten verlieren können, und wie ihre arme Mutter ganz ohne Mann. Im Krieg geblieben. Ich könnte kotzen, sagte sie, wenn ich nur höre, Ärmel aufgekrempelt. Irgendwann sagt er dann was von verwöhnt und verweichlicht.

Roman sagte, Arbeitsdienst?

Na ja, sagte sie, das nicht. Meistens kommt er umstandslos auf seine Arthritis.

Ich ich ich, sagte sie unglücklich, kann denn keiner was anderes als immer nur ich ich ich. Der hat nicht den leisesten Schimmer, was sein Sohn für Filme sieht.

Laß gut sein, sagte Roman, ist doch ein alter Mann.

Ja, sagte sie vorwurfsvoll, das ist es ja eben. Seine Frau war um die Dreißig und wollte was zum Spielen. Das machen die doch alle, die Typen. Dämlicher Deal. Und jetzt will er seine Frau zur Altenpflege, und die ist im Wellnessbereich unterwegs. Ist ja vielleicht auch angenehmer als die dauernde Arthritis und Arzt und Operation oder was.

Und deine Mutter, sagte ich, nur mal so aus Interesse – wo ist die?

Ach die, sagte Saskia, das ist eine lange Geschichte mit mengenweise Psycho und Selbstfindung und solchem Zeug nach der Scheidung. Inzwischen ist sie auch in Rente. Yoga, Bio, ihr wißt schon. Ich ruf sie am Wochenende meistens an, wenn ich's nicht vergesse.

Klingt Spitze, sagte Roman.

Im Grunde geht's, sagte Saskia, es ist jetzt bloß wegen Josha.

Sorry, sagte sie, ich wollte euch eigentlich nicht damit belatschern.

*

Josha verschwand nicht an seinem Geburtstag. Saskia hatte sich Romans Auto geliehen und war hingefahren, und als sie am Montag davon erzählte, merkte sie irgendwann, daß sie im Grunde enttäuscht war. Er hatte die obligatorische Schwarzwälder Torte mit einem Lächeln hingenommen, das höfliche Geduld mit der gesamten gerontologischen Veranstaltung ausdrückte. Die DVD, die seine Eltern ihm geschenkt hatten, gehörte zu der Kategorie »Film für die ganze Familie« und war ihm offenbar peinlich. Vielleicht war er auch gerührt.

Nämlich, sagte Roman.

Der Film ist an sich nicht schlecht, sagte Saskia, Hatari. Howard Hawks. Fünfziger Jahre. John Wayne fängt in Afrika Tiere für den Zoo.

Klingt prickelnd, sagte Roman, der den Film nicht kannte.

War perfekt, als er fünf war, sagte Saskia. Immerhin hat er sich über mein Geschenk gefreut.

Sie hatte ihm ein kalligraphisches Set geschenkt, Federn

und Washi, dazu einen Bildband über Baumhäuser, und er hatte aufrichtig »wow« gesagt.

Immerhin.

Am Abend war er brav mit ins Schloßrestaurant gegangen, hatte drei Gänge mit zwei Sternen lang nicht viel zur Konversation beigetragen, die im wesentlichen daraus bestanden haben mußte, daß sein Vater den Wein zutschelte und anschließend kommentierte und seine Mutter verschiedentlich und mit überzuckerter Stimme die Bemerkung machte, wie süß Josha gewesen sei, als er klein war. Mamas kleiner Mann, hatte sie gesagt, und Saskia sagte dazu: Ist ja nicht meine Mutter, sonst hätte ich was gesagt.

Die sind dann um zehn ins Bett, sagte sie, und ich habe noch eine Weile mit ihm in seinem Zimmer gesessen. Kinderzimmer, sagte sie. Vor ein paar Jahren wollte er mal auf japanisch umstellen, Futon und Kissen und Lampen und so, aber da haben sie gesagt, das ist nicht gut fürs Kreuz. Bloß weil sein Vater Arthritis hat.

Ich sagte, und jetzt sitzt er in seinem Kinderzimmer, ist sechzehn, und du bist enttäuscht.

Na ja, sagte sie, man weiß eben nicht, was die da draußen machen.

Hat er doch gesagt, sagte ich. Brad Pitt in Fight Club: Mais stampfen und neben dem Highway Tierfelle gerben oder so ähnlich.

Mal im Ernst, sagte Saskia. Es war das erste Mal, daß sie es wirklich wissen wollte, nicht nur, wie sie es technisch machten.

Roman sagte, Fehlanzeige. Blackbox.

Ich sagte, Initiation.

Saskia sagte, und eines Tages tauchen sie auf wie Phönix aus der Asche, oder wie stellst du dir das vor?

Keine Ahnung, sagte ich. Ist ja schließlich noch nicht so oft vorgekommen.

Also tauchen sie auf, sagte Saskia, die plötzlich ganz munter klang, und übernehmen den ganzen alterssenilen Laden.

*

So etwas ähnliches befürchtete man an den Schaltstellen der Demokratie wohl auch. Wie erwartet, hatte die Rasterfahndung keinen einzigen der verschwundenen Jugendlichen zutage gefördert, im Ministerium für Stadtplanung und Raumordnung lag das Sicherheitspaket des VDWS, eine Urbanisierungskommission untersuchte die Frage, ob die Gefahr, die von der Heuser-Armee ausgehen könnte, ausreiche, um die Einrichtung innenstädtischer Verbotszonen für alle Jugendlichen zu rechtfertigen, während die Meksomanie sich gewaltig ausbreitete.

Am Abend des 9. Juni trat der Bundeskanzler vor die Kameras, gab eine Regierungserklärung ab und sprach zur Jugend.

Ich griff zum Telefon. Saskia sieht nie die Tagesschau, sie ist zuständig für die Popkanäle.

Schalt mal kurz ins Erste, sagte ich, und laß uns hinterher telefonieren.

Kaum gingen die Nachrichten auf den brennenden Nahen Osten, klingelte es auch schon.

Saskia sagte, Gott, war der launig.

Ist er immer, wenn er zum Volk spricht, sagte ich.

Aber verschärft, wenn er »unsere jungen Mitbürger« meint, sagte Saskia. Ich appelliere an unsere jungen Mitbürger, sagte sie. Wir sind bereit, die nötige Überzeugungsarbeit zu leisten, daß ich nicht lache. Ich habe angeordnet. Zuversichtlich, daß wir die vor uns liegenden Aufgaben meistern. Investition. Kapital für die Zukunft. Gemeinsam. Über die Generationen hinweg. Und am Schluß: appelliere ich noch mal an die jungen Leute – nehmt die Hand, die ich euch heute abend reiche. Der reinste Offenbarungseid.

Ich hätte auch die Muffe, wenn ich er wäre, sagte ich.

*

Die Jugendlichen erteilten diesem hilflosen Versuch, sie zum Bleiben zu bewegen, eine eindeutige Absage. Erst sehr viel später wurde das ungeheure Ausmaß der sogenannten »Aktion Zehnter Juni« bekannt.

Unter den Verschwundenen befanden sich Josha Horstmann sowie Annika Levi, die Enkeltochter von Kurt Kutsch.

Eine Wochenzeitung hatte ihn besucht und mit ihm über Annika und Sweet Sixteen gesprochen.

Ich las den Artikel im Netz, während ich am Strand von Anglet saß. Um mich herum kamen die Surfer, einzeln, ihr Brett unterm Arm, sie ruderten raus, und dort ganz weit draußen waren sie plötzlich nicht mehr einzeln, sondern ein ganzer Schwarm. Diese Pinguinversammlung, dachte ich, sehr vertraut miteinander und weit weg.

Kukutsch hatte gesagt: Nun, vielleicht entsteht da etwas Neues. Etwas Wildes. Etwas Aufregendes. Etwas Eigenes. Natürlich bin ich alt und eitel, aber doch wieder nicht so eitel zu glauben, daß meine Lieder dazu etwas beigetragen haben.

Draußen tagte die Pinguinversammlung. Das konnte dauern.

Plötzlich richteten sie sich auf, nicht alle auf einmal, aber alle. Sie drehten sich kurz um, sahen aufs offene Meer, und jetzt kam die Welle.

Ach was, wurde Kukutsch zitiert, ich bin vielleicht ein pathetischer Spinner. Aber ich habe da so einen Traum.

Richard Wagner (Hg.)
»Ich hatte ein bißchen Kraft drüber«
Zum Werk von Birgit Vanderbeke
Band 14937

Birgit Vanderbeke zählt zu den wichtigsten deutschen Autorinnen der Gegenwart. Anhand von Aufsätzen und Interpretationen bedeutender Kritiker bietet dieser Band erstmals einen Überblick über ihr Werk. Bislang unveröffentlichte Prosastücke von Birgit Vanderbeke eröffnen neue Perspektiven ihres Erzählens.

»Ich glaube, daß man als Autorin nicht das Recht hat, Erfahrungen aus dem Weg zu gehen.«
Birgit Vanderbeke

Fischer Taschenbuch Verlag

Birgit Vanderbeke
Schmeckt's?
Kochen ohne Tabu
144 Seiten. Gebunden

Zaubern Sie jenseits der Küchentabus.
Wagen Sie Küche.
Schmeckt's? – Ein Buch für alle, die noch essen.

Brennesselsuppe
Lammhirn in Kapernbutter
Confit de canard
Schneckenspieße
Froschschenkel
Krakenragout
Sardinen im Backteig
Wachteln in der Papillote
und vieles mehr

»Es ist ein ungewöhnliches Kochbuch,
ohne Bilder, manchmal ohne genaue Temperatur- und
Mengenangaben - ein Lesebuch, ein kulinarisches Manifest
gegen die Gleichschaltung des Geschmacks. Es geht
um die Kunst des Kochens, es geht um viel mehr,
sagt Vanderbeke: ›Es geht um Zauberei.‹«
Stern

»Wortmächtig und amüsant geschrieben«.
essen & trinken

S. Fischer